Juventude

Livros do Autor na Coleção **L&PM** Pocket:

O coração das trevas
A flecha de ouro
Juventude
Tufão

COLEÇÃO **L&PM** POCKET **PLUS**

As melhores histórias de Sherlock Holmes – Arthur Conan Doyle
Cartas a um jovem poeta – Rilke
Esboço para uma teoria das emoções – Sartre
Juventude – Joseph Conrad
Liberdade, liberdade – Millôr Fernandes e Flávio Rangel
O diamante do tamanho do Ritz – F. Scott Fitzgerald
O gato por dentro – William S. Burroughs
O teatro do bem e do mal – Eduardo Galeano
Sobre a brevidade da vida – Sêneca
Trabalhos de amor perdidos – William Shakespeare
Tristessa – Jack Kerouac
Uma temporada no inferno – Arthur Rimbaud

JOSEPH CONRAD

Juventude

Tradução de Flávio Moreira da Costa

www.lpm.com.br
L&PM POCKET

Coleção **L&PM** Pocket, vol. 445

Título do original: *Youth*

Tradução: Flávio Moreira da Costa
Revisão: Larissa Rosso e Bianca Pasqualini
Capa: Projeto gráfico Néktar Design

ISBN: 85.254.1416-6

C754 j Conrad, Joseph, 1857-1924.
Juventude / Joseph Conrad; tradução de Flávio Moreira da Costa. -- Porto Alegre: L&PM, 2006.
80 p. ; 18 cm. -- (Coleção L&PM Pocket Plus)

1. Literatura inglesa-romances. I.Título.II.Série.

CDU 821.111-3

Catalogação elaborada por Izabel A. Merlo, CRB 10/329.

Porto Alegre: Rua Comendador Coruja 314, loja 9 - 90220-180
Floresta - RS / Fone: 51.3225.5777
Pedidos & Depto. comercial: vendas@lpm.com.br
Fale conosco: info@lpm.com.br
www.lpm.com.br

Impresso no Brasil
Primavera de 2006

Joseph Conrad

(1857-1924)

Joseph Conrad nasceu Józef Teodor Konrad Nalecz Korzeniowski, filho de pais poloneses, na cidade de Berdichev, na Ucrânia dominada pela Rússia czarista. Seus pais eram nacionalistas poloneses e, por causa de suas atividades políticas anti-russos, foram exilados para a remota província de Vologda, ao norte. Joseph, então com quatro anos, os acompanhou. Aos onze anos de idade, ficou órfão de pai e mãe. Seu tio materno Thadeusz Bobrowski tomou conta do sobrinho e foi seu mentor e responsável durante os 25 anos seguintes. Thadeusz queria que Joseph seguisse a carreira universitária, mas em 1874, quando o rapaz tinha dezesseis anos, finalmente cedeu e concordou em deixá-lo seguir seu antigo desejo de viver no mar. Joseph viajou a Marselha, onde trabalhou em navios da marinha mercante francesa até juntar-se, em 1878, a um navio britânico, como aprendiz.

Ficaria na marinha por quase vinte anos, visitando os mais variados lugares da Ásia, da África, da América e da Europa – experiência essa que seria definidora da literatura do autor, além de fornecer vasto material para suas histórias. Em 1886, obteve a cidadania britânica. Oito anos depois, em 1894, ele abandonou o mar e uma carreira bem-sucedida (chegara à posição de capitão-de-longo-curso) para se dedicar à literatura. Seu primeiro livro, *Almayer's folly* (*A loucura de Almayer*), cuja redação fora iniciada em 1889, foi publicado em 1895, quando o autor contava já 38 anos (também dessa época data o casamento de Joseph com Jessie George). O livro foi recebido com entusiasmo pela crítica e friamente pelo público. Levaria cerca de quinze anos para que a carreira literária de Conrad decolasse.

Ele escreveu, ao todo, dezessete romances, sendo os principais *Lord Jim*, de 1900, *Nostromo*, de 1904, *The secret agent* (*O agente secreto*), de 1907, e *Under western eyes* (*Sob os olhos do Ocidente*), de 1911; sete novelas, entre as quais se destaca *Heart of darkness* (*O coração das trevas*), de 1902, adaptada para o cinema por Francis Ford Coppola, em *Apocalipse now*, no ano de 1979. Conrad publicou ainda livros de ensaios (*The mirror of the sea* ou *O espelho do mar*, de 1906), de memórias (*Some reminicences* ou *Algumas reminiscências* e *A personal record* ou *Um registro pessoal*, ambos de 1912) e textos sobre a própria obra (*Notes on my books* ou *Notas sobre meus livros*, de 1921). Muitas dessas peças ficcionais foram primeiramente publicadas em formato de folhetim em periódicos como *Blackwood's Edinburgh Magazine*, seguindo uma prática comum na época.

Conrad é hoje considerado um dos grandes autores da língua inglesa – que ele aprendeu depois de adulto, apesar de ter com ela tido os primeiros contatos ainda quando criança, ao ver seu pai traduzir Shakespeare, entre outros autores.

Seus textos ficcionais têm em comum o tema do conflito do homem com o próprio homem, dos limites da natureza humana e do confronto do homem com a natureza selvagem. Seus romances, contos e novelas são povoados por personagens em situações extremas, isolados da sociedade, muitas vezes em crise com a própria identidade e com a condição humana. A maioria de suas peças ficcionais assemelha-se, na aparência, a histórias de aventuras, apesar de proporem uma profunda reflexão sobre a natureza humana e a civilização. Conrad morreu em 1924, deixando seu último romance, *Suspense*, inacabado.

Juventude

SÓ PODERIA MESMO ter acontecido na Inglaterra, onde homens e mar se confundem, por assim dizer – o mar entrando na vida da maioria dos homens e os homens sabendo alguma coisa ou quase tudo sobre o mar, seja como lazer, como viagem ou como o pão nosso de cada dia.

Estávamos sentados em volta de uma mesa de mogno que refletia a garrafa, os copos de vinho e os nossos rostos, na medida em que nos apoiávamos nos cotovelos. Um diretor de empresa, um guarda-livros, um advogado, Marlow e eu. O diretor fora grumete do *Conway*, o guarda-livros servira quatro anos no mar e o advogado – um Tory educado mas endurecido, homem da Igreja Alta*, companheiro excelente, a honra em pessoa – fora primeiro oficial dos Correios e Telégrafos nos velhos tempos em que os navios

---

* A Igreja Anglicana, de acordo com o ritual, se divide em "High Church" e "Low Church". Igreja "Alta", mais próxima do ritual católico, e Igreja "Baixa", mais próxima do ritual protestante. (N.T.)

postais eram aparelhados pelo menos com dois mastros e costumavam andar pelo mar da China, sob monção favorável, com as velas de cutelo e as varreduras enfunadas. Nós todos começamos a vida na Marinha Mercante. E entre nós cinco havia o intenso vínculo do mar, além da camaradagem de tripulação, que nenhum entusiasmo de iatismo, cruzeiros e outras coisas do gênero podem gerar porque um é só o prazer de vida, enquanto o outro é a própria vida.

Marlow (acho, pelo menos, que assim é que se escreve seu nome) contava a história, ou antes a crônica, de uma viagem:

"Sim, conheço alguma coisa dos mares do Oriente, mas do que me lembro melhor é da primeira viagem por aquelas bandas. Vocês, companheiros, sabem que há viagens que parecem destinadas a ilustrar uma vida e podem ficar como símbolo de uma vida. A gente luta, trabalha, sua, quase se mata, às vezes se mata mesmo, tentando realizar determinada coisa – e não consegue. Não que a culpa seja nossa. Simplesmente não se pode fazer nada, de grande ou de pequeno – nada deste mundo –, nem mesmo casar com uma solteirona ou levar a miséria de umas seiscentas toneladas de carvão a seu porto de destino.

"Foi, mesmo assim, um caso memorável. Era minha primeira viagem ao Oriente e a primeira como segundo-piloto; era também o primeiro comando do capitão. Temos de admitir que já era tempo. Ele tinha sessenta anos; um homenzinho de costas largas e não muito aprumadas, ombros caídos e uma perna menor do que a outra, com a aparência retorcida e estranha que encontramos muitas vezes no pessoal que trabalha no campo. Tinha a cara de um quebra-nozes – queixo e nariz tentando se encontrar por cima da boca sumida –, emoldurada pelos cabelos soltos, grisalhos da cor de ferro e encaracolados, parecendo algodão salpicado de pó de carvão. E tinha olhos azuis naquele rosto velho, autênticos olhos de garoto, com a candura que certos homens bastante comuns conservam até o fim de seus dias, graças a um raro dom de simplicidade de coração e retidão de alma. O que o levou a me aceitar é até hoje um ponto de interrogação. Eu vinha de um famoso *clipper* australiano, onde trabalhara como terceiro-piloto, e, ao que parece, ele alimentava um certo preconceito contra esse tipo de veleiro, aristocrático e de grande tonelagem. Ele me disse: 'Sabe de uma coisa, neste navio você vai ter de trabalhar'. Respondi-lhe que havia trabalhado em todos os navios em que embarcara. 'Sim, mas este é diferente, e vocês que vêm de grandes navios... Bem, acho que você serve. Apresente-se amanhã.'

"Apresentei-me no dia seguinte. Foi há 22 anos; eu tinha vinte. Como o tempo passa! Foi um dos dias mais felizes da minha vida. Imaginem! Pela primeira vez, segundo-piloto... um oficial realmente responsável! Não trocaria o meu novo lugar nem por uma fortuna. O imediato me observou de cima a baixo, com toda a atenção. Era também um velho marujo, mas de outro tipo. Tinha um nariz romano, uma longa barba cor de neve e se chamava Mahon, que insistia para que pronunciássemos 'Mann'. Era bem-relacionado. Mas havia alguma coisa de errado com sua sorte, pois nunca foi em frente.

"Quanto ao capitão, passara anos em navios da cabotagem, depois no Mediterrâneo, finalmente no comércio das Índias Ocidentais. Nunca dobrara o cabo da Boa Esperança ou o Horne. Poderia ter escrito alguma coisa, mas não se dava ao trabalho. Claro que ambos eram bons marinheiros, e entre esses dois velhos marujos eu me sentia como um garoto entre dois avós.

"Também o navio era velho. Chamava-se *Judea.* Nome esquisito, não acham? Pertencia a um homem chamado Wilmer... Wilcox, qualquer coisa assim, pois há vinte anos ou mais entrou em falência e morreu, e seu nome não importa. O navio havia ficado muito tempo no ancoradouro de Shadwell. Imaginem o estado em que se encontrava! Era só ferrugem, poeira, imundície – fuligem nos mastros, lixo no convés. Para mim era como sair de um palácio e entrar numa cabana em ruínas. Carregava cerca de quatrocentas toneladas, com um poleame primitivo, trincos de madeira nas portas, sem nenhuma ponta de metal e uma grande popa quadrada. Na grinalda havia, sob o nome em grandes letras, umas inscrições semi-apagadas e uma espécie de escudo com a divisa 'Fazer ou Morrer' na parte de baixo. Lembro que aquilo despertou imediatamente minha fantasia. Havia um toque de romantismo naquilo, qualquer coisa que me fez amar o velho navio... alguma coisa que apelava para minha juventude!

"Saímos de Londres com lastro – lastro de areia – para apanhar uma carga de carvão num porto do Norte e rumar para Bangkok. Bangkok! Cheguei a me arrepiar. Eu tinha seis anos de mar e conhecia apenas Melbourne e Sidney, ótimos lugares, cidades encantadoras à sua maneira... mas Bangkok!

"Para sair do Tâmisa largamos à vela, com um prático do mar do Norte a bordo. O seu nome era Jeremyn e ele passou o dia todo na cozinha secando seu lenço diante do fogão. Aparentemente nunca dormia. Era um homem triste, com uma lágrima eterna a brilhar na ponta do nariz, um homem que tivera, tinha ou esperava vir a ter problemas – que só podia ser feliz se alguma coisa de ruim lhe acontecesse. Desconfiou da minha juventude, do meu senso comum, da minha experiência de mar e fazia questão de demonstrar essa desconfiança de todas as maneiras possíveis. Creio que tinha razão. Naquela época acho que eu sabia muito pouco – e não sei muito mais hoje –, mas até agora sinto ódio por esse tal Jeremyn.

"Foi preciso uma semana de trabalho até chegarmos a Yarmouth Roads, quando apanhamos um temporal pela frente... o famoso temporal de outubro de 22 anos atrás. Era vento, trovoada, granizo, neve e um mar de meter medo. O navio estava leve, e podem imaginar como a coisa ficou feia se eu disser a vocês que a amurada arrebentou e o convés ficou inundado. Na segunda noite, o lastro escorregou para os lados da proa e por pouco não fomos jogados pela ventania para qualquer lado do Dogger Bank. Não havia outra coisa a fazer senão descer com as pás e tentar aprumar o navio – e ali estávamos nós naquele imenso porão, sinistro como uma caverna, os condutos de graxa arrebentados e vazando sobre as vigas, o temporal a rugir lá em cima e o navio aos solavancos como um louco; lá estávamos nós, Jeremyn, o capitão, toda aquela gente que mal se agüentava em pé, todos empenhados num trabalho de coveiro, tentando atirar pazadas de areia molhada contra o vento. A cada balanço do navio, podíamos ver, vagamente, contra a luz frouxa, homens que caíam numa grande confusão de pás. Impressionado com o fantástico da cena, um dos grumetes do navio (tínhamos dois) chorava de cortar o coração. Podíamos ouvi-lo em algum lugar, por entre as sombras.

"No terceiro dia, o temporal amainou e logo depois um rebocador do Norte nos socorria. Levamos, ao todo, dezesseis dias para ir de Londres a Tyne! Quando entramos na doca já tínhamos perdido a nossa vez de carregar e fomos levados para um ancoradouro onde permanecemos por um mês. A sra. Beard (o nome do capitão era Beard) veio de Colchester visitar o velho. Instalou-se a bordo. A tripulação eventual desembarcara e ficaram no navio apenas os oficiais, um grumete e o encarregado da despensa, um mulato que atendia pelo nome de Abraham. A sra. Beard era uma velha de rosto enrugado e avermelhado como uma maçã de inverno, mas com uma silhueta de garota. Viu-me um dia pregando um botão e insistiu em consertar as minhas camisas. O que era bem diferente das esposas de capitães que eu tinha visto a bordo dos veleiros australianos. Quando lhe levei as camisas, ela disse: 'E as meias? Tenho certeza de que precisam ser cerzidas; as coisas do John – do capitão Beard – já estão em ordem. Gosto de ter alguma coisa para fazer.' Abençoada velhinha! Remendou meu uniforme enquanto eu lia pela primeira vez *Sartor Resartus* e *Ride to Khiva**, de Burnaby. Naquela época, não entendi muito o primeiro, mas me lembro que preferi o soldado ao filósofo, uma preferência que se confirmou ao longo de minha vida. Um era homem e o outro mais do que homem... ou menos. No entanto, ambos estão mortos, a sra. Beard está morta, e juventude, força, gênio, idéias, conquistas, os corações simples... tudo acabou... Não importa.

"Finalmente, carregamos o navio. Arrumamos uma tripulação. Oito marinheiros experientes e dois grumetes. Zarpamos certa noite em direção às bóias da entrada das docas, prontos para partir, já que eram boas as perspectivas de iniciar a viagem no dia seguinte. A sra. Beard deveria voltar para casa num trem noturno. Depois de lançar as amarras do navio fomos ao chá. Lanchamos em silêncio – Mahon, o velho casal e eu. Fui o primeiro a terminar e saí para fumar, pois o meu camarote ficava num alojamento da

---

* *Sartor Resartus* é de Thomas Carlyle. *Ride to Khiva*, do soldado-escritor Frederick Gustavus Burnaby, inglês do século XIX. (N.T.)

cobertura, na popa. A maré estava alta, soprava um vento fresco e chuviscava; as portas duplas das docas permaneciam abertas e os carvoeiros a vapor entravam e saíam no escuro, com suas luzes brilhando, um barulho grande de hélices, tinidos de ferragens e muitas vozes que chegavam dos molhes. Eu olhava a procissão de faróis de proa que subiam e de luzes verdes que desciam na noite quando, de repente, um clarão vermelho piscou à minha frente, desapareceu, surgiu de novo e permaneceu visível. A proa de um navio a vapor surgiu bem próximo. Gritei para baixo: 'Venham à tona, depressa!' – e depois escutei uma voz assustada dizendo ao longe, no escuro: 'Pare o navio, senhor'. Uma campainha soou. Outra voz gritou, em tom de advertência: 'Estamos indo em cima desse barco, senhor'. A resposta foi um ríspido 'muito bem', e em seguida houve um choque violento – o vapor raspou a saliência da proa, contra o nosso cordame de vante. Houve um momento de confusão, gritos e correrias. O vapor apitou. Depois alguém falou: 'Tudo certo, senhor...' A voz ríspida perguntou: 'Tudo bem?' Dei um pulo para frente a fim de ver o dano causado, e respondi: 'Acho que sim'. A voz ríspida disse: 'Devagar com a ré'. Uma campainha tocou. 'Que vapor é esse?', perguntou Mahon. Nesse momento, o vapor era apenas uma massa de sombra para nós, manobrando a pouca distância. De lá nos gritaram um nome – um nome de mulher, Miranda, Melissa, qualquer coisa assim. 'Isso significa mais um mês neste buraco dos infernos', me disse Mahon ao nos aproximarmos, à luz de lanternas, da amurada estilhaçada e das vergas partidas. 'Mas onde está o capitão?'

"Durante todo o tempo não o havíamos visto nem havíamos escutado sua voz. Fomos olhar na popa. Uma voz triste surgiu de algum ponto no centro da doca. 'Ó de bordo do *Judea*!' Como diabo tinha ele ido parar naquele lugar? 'Alô!', respondemos. 'Estou à deriva e sem remo no bote', gritou ele. Um barqueiro retardatário ofereceu seus serviços e Mahon combinou com ele, por meia coroa, para rebocar o capitão até o barco. Mas foi a sra. Beard quem primeiro subiu a escada. Tinham ficado flutuando nas águas da doca durante cerca de uma hora, molhados por uma chuva miúda, sem falar no frio. Nunca fiquei tão espantado na vida.

"Parece que, ao ouvir o meu grito de 'venham à tona, depressa', o capitão compreendeu logo, logo do que se tratava, agarrou a mulher, correu pelo convés e desceu o bote que estava amarrado junto à escada. Não era pouco para um homem de sessenta anos. Imaginem esse homem salvando heroicamente sua velha mulher nos braços – a mulher de sua vida. Fez com que ela sentasse no banco do bote e se apressara a voltar para bordo quando, de algum modo, o bote começou a deslizar e ficaram os dois à deriva. Na confusão, naturalmente, não escutamos seus gritos. Ele parecia abatido, mas ela falou jovialmente: 'Creio que não tem importância se eu perder o trem...'. 'Não, Jenny', resmungou o capitão. 'Desça e vá se aquecer.' E para nós: 'É o que eu digo, um marinheiro não pode andar com a mulher nas costas. Lá estava eu fora do navio... Bem, desta vez nada de grave aconteceu. Vamos ver o que esse diabo desse vapor andou estragando'.

"Não era muita coisa, mas acabou nos atrasando três semanas. Ao final desse período, como estivesse o capitão reunido com seus agentes, levei a mala da sra. Beard até a estação e deixei-a num vagão de terceira classe. A velha desceu o vidro da janela do vagão para me dizer: 'Você é um bom rapaz. Se encontrar John, o capitão Beard, sem o cachecol à noite, pode lembrar-lhe, da minha parte, que deve manter a garganta bem protegida'. 'Certamente, sra. Beard', disse eu. 'Você é um bom rapaz. Observei como você é atencioso com John, o capitão...' O trem arrancou de repente. Tirei o gorro para me despedir da velha. Nunca mais a vi... Passe a garrafa...

"NO DIA SEGUINTE, fizemo-nos ao mar. Quando iniciamos a viagem para Bangkok, já fazia três meses que estávamos fora de Londres. Tínhamos calculado que esse tempo seria de uma quinzena ou pouco mais.

"Era janeiro e o tempo estava bonito – o belo tempo ensolarado de inverno que tem mais encanto do que o verão por ser inesperado e frágil, e sabemos que não irá durar muito, que não poderá durar muito. É como um presente, uma pechincha, um inesperado golpe de sorte.

"O tempo bom durou toda a travessia do mar do Norte e do Canal, e até chegarmos a trezentas milhas mais ou menos a oeste das Lizards; depois o vento virou para sudoeste. Dois dias mais tarde soprava a tempestade. O *Judea* dançava no Atlântico como um velho caixote de velas. O vento soprou rancoroso dias inteiros sem parar, sem misericórdia, sem descanso. O mundo nada mais era do que uma imensidão de grandes ondas de espuma que se jogava sobre nós sob um céu tão baixo que podíamos tocá-lo com as mãos, tão sujo como um teto enegrecido de fumaça. O espaço de tempestade que nos cercava tinha tanto vapor d'água quanto ar. Dia após dia, noite após noite, nada mais havia em torno do navio além do uivo dos ventos, do tumulto do mar, do ruído da água caindo sobre o convés. Não havia descanso, nem para o navio nem para nós. O navio oscilava e pulava, mergulhava de nariz, caía, sentava-se na traseira, rebolava, gemia, e tínhamos de agüentar de pé agarrados no convés, segurando nos beliches lá embaixo, num permanente esforço do corpo e numa constante inquietação mental.

"Certa noite, Mahon me falou pela pequena vigia que dava diretamente sobre o beliche onde eu estava deitado, insone, ainda de botas, com a impressão de não dormir há anos e sem poder pegar no sono mesmo que tentasse. Ele me disse, excitado: 'Marlow, você tem por aí a sonda do porão? Não consigo pôr as bombas para funcionar. Valha-me Deus, que o caso não é pra brincadeira!'

"Dei-lhe a sonda do porão e me deitei novamente, tentando pensar em várias coisas – mas pensei somente nas bombas. Quando cheguei ao convés, ainda se trabalhava nas bombas e o meu turno aliviou o pessoal. À luz da lanterna, voltada para o convés a fim de examinar a sonda do porão, vi num relance os rostos sérios e cansados dos homens. Bombeamos durante quatro horas no meu turno. Bombeamos toda a noite, todo o dia, toda a semana – turno após turno. O navio respondia um pouco aos nossos esforços e jogava água por todos os lados – não o bastante para irmos a pique de uma vez, mas o suficiente para nos matar com aquele trabalho de bombear. E enquanto bombeávamos, o navio ia desaparecendo aos poucos: as amuradas tinham desaparecido, os estais se partiram, os ventiladores se estragaram, a porta do camarote rachou. Não havia um lugar seco sequer no navio, que se desfazia aos poucos. Por um passe de mágica, a baleeira se transformou num monte de madeira no lugar onde estava. Eu mesmo a tinha amarrado e ficara orgulhoso do meu trabalho, que por tanto tempo resistira às maldades do mar. E bombeávamos. E o tempo não mudava. O mar estava branco como um lençol de espuma, parecia um caldeirão de leite fervendo. Não havia uma claridade nas nuvens, nem mesmo do tamanho da mão de um homem, que durasse mais de dez segundos. Era como se não houvesse céu, nem estrelas, nem sol, nem o Universo – nada, a não ser vagas enraivecidas e o furioso mar. Bombeávamos, turno após turno, em luta pela vida: e a luta parecia durar meses, anos, toda a eternidade, como se tivéssemos morrido e descido a um inferno para marinheiros. Não nos lembrávamos mais do dia da semana, do nome do mês, em que ano estávamos, e não sabíamos se já tínhamos estado alguma vez em terra firme. As velas se rasgaram, o navio adernava, o oceano se abatia sobre nós – e não nos importávamos.

Com olhar de idiotas rodeávamos os manípulos das bombas. Quando éramos arrastados para o convés, eu passava um cabo em volta dos homens, das bombas e do grande mastro – e então rodávamos e rodávamos a bomba, com água até o peito, até o pescoço, por cima das nossas cabeças. Era uma cabeça só. Não sabíamos mais o que era sentir-se seco.

"Mas num lugar bem dentro de mim havia um pensamento fixo: por Deus do céu, que aventura! Igual àquelas que lemos nos livros! E era a minha primeira viagem como segundo-piloto – e eu tinha apenas vinte anos – e ali estava resistindo tão bem quanto qualquer um daqueles homens e mantendo a rapaziada em forma. Estava contente. Por nada deste mundo trocaria aquela experiência. Eu tinha momentos de exaltação. Quando o velho e desmantelado casco pulava mais violentamente, com a popa indo para o alto, parecia-me que atirava, como um apelo, como um desafio, como um grito para as nuvens sem misericórdia, as palavras escritas na popa: '*Judea*, Londres. Fazer ou morrer'.

"Ó juventude! O vigor, a fé, a imaginação da juventude! Para mim o *Judea* não era uma velha ratoeira a transportar frete de carvão – para mim era o esforço, a provação, a experiência de vida. Penso nele com prazer, com afeição, com saudade – como vocês pensariam num morto querido. Jamais o esquecerei... Passe aí a garrafa.

"Certa noite, quando bombeávamos amarrados ao mastro, ensurdecidos pelo vento e sem ânimo sequer para desejar a morte, um grande vagalhão se abateu sobre o navio e nos colheu em cheio. Assim que consegui respirar, gritei: 'Agüenta firme, pessoal!' – quando, de repente, senti alguma coisa dura flutuando no convés e que bateu na minha perna. Tentei agarrá-la, mas errei. Estava tão escuro que não podíamos ver o rosto uns dos outros a um palmo de distância. Vocês entendem.

"Depois desse tombo o navio se manteve quieto por algum tempo e a coisa, fosse lá o que fosse, bateu novamente na minha perna. Desta vez consegui agarrá-la. Era uma panela! A princípio, embrutecido de cansaço como estava, e sem outro pensamento que não fosse as bombas, não compreendi o que é que tinha na mão, mas de repente percebi e gritei: 'Pessoal, lá se foi a cabine do convés! Larguem tudo e vamos procurar o cozinheiro.'

"Havia um alojamento na proa, sobre o convés, que compreendia a cozinha e os beliches do cozinheiro e da guarnição. Como esperávamos que o mar o invadisse há dias, os homens tinham ordem de dormir no camarote, único lugar seguro de todo o navio. Mas o despenseiro Abraham insistia em agarrar-se estupidamente a seu beliche, como um animal – por simples medo, penso eu, como um animal que não quer deixar o estábulo durante um terremoto. Fomos procurá-lo. Era desafiar a morte, pois, desamarrados, estávamos tão expostos como se estivéssemos numa jangada. Mas fomos. O alojamento estava destroçado como se uma bomba houvesse explodido lá dentro. A maior parte dos objetos sumira borda afora – o fogão, as camas dos tripulantes, seus pertences, tudo se fora; mas as duas barras que seguravam o beliche de Abraham tinham permanecido como que por milagre. Abrimos caminho por entre as ruínas, chegamos às barras e ali estava ele, sentado na cama, cercado de espuma e destroços, falando sozinho e muito alegre. Estava louco, completamente e para sempre louco varrido. Aquele choque atingira o extremo de sua resistência. Nós o agarramos, o puxamos e descemos de cabeça para baixo pela escotilha do camarote. Vocês devem entender que não havia tempo para carregá-lo com extremo cuidado, nem para ver como ele estava. Aqueles que se encontravam no camarote o agarrariam. Tínhamos pressa de voltar às bombas, serviço que não podia esperar. Um furo na tubulação seria fatal.

"Pode-se dizer que o único propósito desse diabólico temporal foi transformar o pobre-diabo do mulato num lunático. Antes da alvorada, o temporal amainou; no dia seguinte, o céu se manteve limpo e, à medida que o mar se acalmava, as bombas obtinham melhores resultados. Quando foi possível envergar novo jogo de velas, a tripulação exigiu que regressássemos – e realmente nada mais havia a fazer. Os botes tinham caído n'água, o convés fora varrido pelo mar, o camarote estava quebrado, os homens sem um pedaço de pano a não ser o que vestiam, as provisões estragadas, o navio combalido. Aproamos para a terra. Será que vocês vão acreditar? O vento começou a soprar de leste, diretamente na nossa cara. Soprava fresco e contínuo. Tivemos de trabalhar durante cada polegada do caminho, mas o navio não fazia tanta água, e o mar se mantinha comparativamente calmo. Duas horas de trabalho nas bombas em cada quatro horas não chegam a ser brincadeira, mas isso manteve o navio à superfície até Falmouth.

"A boa gente que mora em Falmouth vive dos desastres marítimos e não tenham dúvidas de que ficaram satisfeitos quando nos viram. Uma multidão faminta de operários navais começou a afiar as ferramentas assim que avistaram a carcaça do navio. E, valha-nos Deus, tiveram muito que fazer! Calculo que o proprietário já estivesse em dificuldades. A coisa atrasou um pouco. Depois ficou decidido que se deveria retirar parte da carga e calafetar o casco. Foi o que se fez; acabaram os reparos, carregaram novamente os porões, uma nova tripulação chegou a bordo e partimos, finalmente, para Bangkok. Ao fim de uma semana, novamente estávamos de volta. A tripulação disse que não ia para Bangkok – uma viagem de 150 dias – naquela espécie de casca-de-noz que precisava ser bombeada oito horas em cada 24 horas. E os jornais marítimos voltaram a nos dedicar um parágrafo nas suas colunas: '*Judea*. Bangkok. De Tyne para Bangkok; carvão; regressou a Falmouth fazendo água e com a tripulação se recusando a trabalhar'.

"Houve novos atrasos, novos reparos. O proprietário passou um dia em Falmouth e disse que o navio estava um verdadeiro brinco. O pobre do capitão Beard parecia o fantasma de um capitão depois de tantos tormentos e humilhações. Lembrem-se de que tinha sessenta anos e era aquele o seu primeiro comando. Dizia Mahon que as aventuras loucas acabam sempre mal, mas eu é que gostava cada vez mais do navio e desejava muitíssimo chegar a Bangkok. Bangkok! Nome mágico e abençoado! Ao seu lado, a Mesopotâmia não era nada. Lembrem-se de que eu tinha vinte anos, era a minha primeira viagem como segundo-piloto e o Oriente estava me esperando!

"Com a nova – e terceira – tripulação, saímos e fomos ancorar na barra externa. O navio fazia mais água do que nunca. Era como se os diabos dos carpinteiros tivessem esburacado o casco. Dessa vez nem mesmo saímos barra afora. A tripulação simplesmente se recusou a pôr o poleame em funcionamento.

"Fomos rebocados para o porto de dentro e nos tornamos uma peça de museu, uma curiosidade, uma instituição do lugar. As pessoas nos apontavam aos visitantes como 'o barco que vai para Bangkok... está aqui há seis meses... já arribou três vezes.' Nos feriados, os garotos, brincando nos botes, gritavam: 'Ó de bordo do *Judea*!', e se uma cabeça aparecia na amurada, gritavam: 'Para onde vão? para Bangkok?', – e riam. Éramos apenas três a bordo. O velho capitão curtia o seu desgosto no camarote. Mahon tomou a si a cozinha e inesperadamente revelou um talento francês no preparo das refeições. Eu olhava através da vigia, descontraído. Tornamo-nos cidadãos de Falmouth. Todos os comerciantes nos conheciam. Na barbearia ou na tabacaria perguntavam-nos, com certa familiaridade: 'Acham que ainda irão para Bangkok?'. Enquanto isso, o proprietário, os homens do seguro e os do frete discutiam em Londres os nossos honorários... Passe a garrafa.

"ERA HORRÍVEL. Moralmente, era pior do que ficar bombeando toda a vida. Parecia que o mundo tinha nos esquecido, que não nos relacionávamos com ninguém e não iríamos a lugar algum; como por encanto, parecia que teríamos de viver para sempre naquele porto, virar piada e escárnio para gerações de estivadores e barqueiros desonestos. Consegui receber três meses de pagamento e uma licença de cinco dias e corri para Londres. Levei um dia para chegar e mais um para voltar – mas o dinheiro dos três meses desapareceu logo. Não sei o que fiz com ele. Fui a um café-concerto, almocei, jantei e fiz uma ceia num bom restaurante de Regent Street e voltei a tempo, sem outra coisa além das obras completas de Byron e um novo cobertor – tudo por três meses de trabalho. O barqueiro que me levou para o navio me disse: 'Olá! Pensei que você tivesse abandonado o velho navio. Aquilo nunca chegará a Bangkok'. Com ar superior, respondi: 'Acha mesmo?'. Mas a verdade é que não gostei da profecia.

"De repente, um homem, espécie de agente sei lá de quem, apareceu com plenos poderes. Tinha espinhas por todo o rosto, uma energia indomável e uma alma jovial. De mergulho voltamos à vida, e um batelão encostou no navio e retirou a nossa carga, e depois fomos atracar em um dique para substituir as chapas de cobre. Não era de se admirar que o navio fizesse água. Sacudido pelo temporal além de sua capacidade de resistência, o pobre do navio, como por desgosto, jogava fora toda a estopa que lhe incomodava as juntas. O navio foi novamente calafetado, provido de novas chapas de cobre e ficou tão estanque como uma garrafa. Voltamos ao batelão e reembarcamos a carga.

"Foi a essa altura, numa linda noite de luar, que os ratos começaram a abandonar o navio.

"Os ratos até então tinham sido uma verdadeira praga. Destruíam velas, consumiam mais provisões do que a tripulação inteira, compartilhavam amigavelmente das nossas camas e dos nossos perigos. No momento em que o navio estava em condições de navegar em alto-mar, resolveram abandoná-lo. Chamei Mahon para apreciar o espetáculo. Ratos e ratos iam surgindo na amurada, atiravam um último olhar por cima dos ombros e saltavam, com um ruído seco, para o mergulho no pontão vazio. Tentamos contá-los, mas logo perdemos a conta. Mahon falou: 'Bem... não me fale na inteligência dos ratos. Deviam ter saído antes, quando por um triz não fomos a pique. Aí está a prova de como é estúpida a superstição sobre os ratos. Deixaram um bom navio por um velho batelão caindo de podre, onde não há nada para comer... Idiotas! Não acredito que saibam o que é bom e seguro para eles, como eu e você não sabemos'.

"Depois de prolongarmos um pouco mais a conversa, concordamos que a sabedoria dos ratos era grandemente superestimada e que, na verdade, não era maior do que a dos homens.

"A essa altura, a história do navio era bem conhecida em todo o canal, de Lands End a Forelands, e não conseguíamos uma tripulação na costa sul. Mandaram-nos uma guarnição completa de Liverpool e partimos mais uma vez – para Bangkok.

"Tivemos boas brisas, um mar de rosas nos trópicos e o velho *Judea* movimentava-se com dificuldade à luz do sol. Só fazíamos oito nós – e tudo estalava, segurávamos nossos gorros na cabeça; mas em geral o navio fazia uma média de três milhas por hora. Que outra coisa se podia esperar? O velho navio estava cansado. A juventude dele estava onde está a minha – onde está a de vocês que escutam estas peripécias. E que amigo atiraria a sua idade e o seu cansaço na cara de vocês? Não reclamávamos contra o navio. Para nós, pelo menos os da popa, era como se tivéssemos nascido nele, sido criados ali, vivíamos nele há séculos, jamais conhecêramos outro navio. Seria mais fácil insultar a velha igreja de aldeia por nunca ter chegado a ser catedral.

"E no meu caso havia a minha juventude para me tornar paciente. Tinha todo o Oriente diante de mim, toda a vida e o pensamento de que eu havia passado por uma dura prova naquele navio – e me saíra bem. E pensava nos homens de antigamente que fizeram há séculos o mesmo caminho em navios nada melhores em direção à terra das palmeiras, das especiarias, das areias amarelas, das nações amorenadas sob o governo de reis mais cruéis do que Nero, o romano, e mais esplêndidos do que Salomão, o judeu. O velho navio balançava nas águas, curvado pelo peso da idade e da carga, enquanto eu desfrutava da juventude, ignorante e cheio de esperança. O navio singrou as águas por uma interminável procissão de dias, e a nova popa dourada reluzia ao sol poente e parecia gritar sobre o mar que se envolvia na escuridão as palavras pintadas na grinalda: '*Judea.* Fazer ou Morrer'.

"Depois entramos no oceano Índico e velejamos para o Norte, para a Ponta de Java. Os ventos eram ligeiros, semanas passavam. O navio continuava sua marcha – fazer ou morrer –, e em terra já se pensava em nos dar como perdidos.

"Uma noite de sábado, já fora de serviço, os homens me pediram um balde d'água extra para lavar as roupas. Como eu não estava querendo trabalhar tão tarde na bomba de água fresca, saí assobiando com a chave na mão, a fim de abrir a escotilha da proa, pretendendo servir a água de um tanque de reserva que ali mantínhamos.

"O cheiro vindo de baixo foi tão inesperado quanto assustador. Era como se centenas de lamparinas de parafina tivessem estado acesas, enchendo aquela cavidade de fumaça durante dias inteiros. Fiquei contente quando saí dali. O marinheiro que ia comigo pigarreou e falou: 'Que cheiro mais engraçado, senhor'. Respondi, com ar de indiferença: 'Dizem que é bom para a saúde', e segui em direção à ré.

"A primeira coisa que fiz foi meter a cabeça na boca do ventilador central do navio. Quando levantei a tampa, um sopro visível, alguma coisa como uma leve neblina, uma lufada de falsa cerração subiu então da abertura. O ar que subia era quente e deixei cair a tampa. Não valia a pena me chatear. A carga estava incendiando.

"No dia seguinte a carga começou a produzir mais fumaça. Era de se esperar, pois, embora o carvão fosse de boa qualidade, ele fora tão manipulado, tão desintegrado com a carga e a descarga, que mais parecia carvão de forja de ferreiro. E depois havia se molhado – mais de uma vez. Choveu durante todo o tempo em que passávamos o carvão de volta do batelão para o navio, e agora, com esta longa viagem, o carvão se aquecera – e era mais outro caso de combustão espontânea.

"O capitão nos chamou ao camarote. Estava com um mapa aberto em cima da mesa e parecia infeliz. 'A costa oeste da Austrália está próxima, mas pretendo prosseguir até o nosso destino. Este é o mês dos furacões; além disso, manteremos a proa em direção a Bangkok e combateremos o fogo. Nada mais de arribar em parte alguma, nem mesmo se ficarmos assados. Tentaremos primeiro abafar esse diabo dessa combustão impedindo a entrada do ar.'

"Tentamos. Tentamos de tudo – e a fumaça continuava saindo. Saía por frinchas imperceptíveis; forçava caminho através dos compartimentos e das cobertas; escapava por aqui, por ali, por toda a parte, em pequenos fios, numa invisível nuvem, de uma maneira incompreensível. A fumaça encontrou seu caminho até o camarote, até o castelo da proa, envenenou os lugares mais abrigados do convés. Claro que se a fumaça saía, o ar entrava. Era desanimador. A combustão se recusava a acabar.

"Resolvemos tentar a água e abrimos as escotilhas. Enormes volumes de fumaça esbranquiçada, amarelada, espessa, gordurosa, nevoenta, sufocante se elevaram até os altos dos mastros. Todos os marinheiros correram para a ré. Então a nuvem venenosa se desfez e voltamos a trabalhar dentro de uma fumaçada que já não era mais espessa do que a de uma chaminé comum de fábrica.

"Instalamos uma bomba de incêndio e estendemos uma mangueira que logo rebentou. Era tão velha quanto o navio – uma mangueira pré-histórica, impossível de ser remendada. Em seguida, bombeamos com a fraca bomba da proa, retiramos água com balde e conseguimos despejar um pouco do oceano Índico dentro da escotilha. A corrente límpida brilhava à luz do sol, caía numa camada de fumaça branca e preguiçosa e desaparecia na negra superfície do carvão. O vapor subia, misturando-se com a fumaça. Derramávamos água salgada como se fosse num barril sem fundo. Era o nosso destino bombear naquele navio – para fora ou para dentro – e, depois de retirar água do navio para evitar que morrêssemos afogados, freneticamente lhe atirávamos água para não morrermos queimados.

"E o navio se arrastava – fazer ou morrer – com tempo sereno. O céu era um milagre de pureza, um milagre de azul. O mar estava polido, azul, transparente, cintilava como uma pedra preciosa, estendendo-se para todos os lados do horizonte como se todo o globo terrestre fosse uma jóia, uma colossal safira, uma única gema modelada em forma de planeta. À superfície das grandes e tranqüilas águas, o *Judea* deslizava, imperceptivelmente, envolvido em vapores lânguidos e sujos, numa nuvem preguiçosa que derivava para bombordo, leve e vagarosa, uma nuvem de peste que profanava o esplendor do mar e do céu.

"Durante todo esse tempo naturalmente não vimos o fogo. A carga queimava em algum lugar do fundo do navio. Certa vez Mahon, quando trabalhávamos lado a lado, me disse com um sorriso singular: 'Se o navio fizesse água, como da primeira vez em que deixamos o canal, o fogo acabaria, não é mesmo?'. Observei, inoportunamente: 'Lembra-se dos ratos?'.

"Combatemos o fogo e velejamos cuidadosamente como se nada estivesse acontecendo. O despenseiro cozinhava para nós. Dos outros doze homens, oito trabalhavam enquanto quatro descansavam. Todos tinham a sua vez, inclusive o capitão. Havia igualdade e, se não exatamente fraternidade, pelo menos boa dose de camaradagem. Às vezes um dos homens, ao atirar um balde d'água pela escotilha, gritava: 'Viva Bangkok!' – e os outros riam. Mas em geral estávamos preocupados e sérios – e com sede. Ah, que sede! Precisávamos ser cuidadosos com a água. Rações rigorosas. O navio soltava fumaça, o sol brilhava... Passe a garrafa.

"TENTAMOS DE TUDO. Até mesmo isolar o fogo lá embaixo. Claro que não funcionou. Nenhum dos homens conseguiu ficar no porão mais de um minuto. Mahon, que desceu em primeiro lugar, desmaiou, e o homem que foi socorrê-lo também. Arrastamos os dois para o convés. Depois desci para mostrar como era fácil, mas a essa altura os marinheiros já haviam aprendido e se contentaram em me pescar com uma corrente de gancho presa a um cabo de vassoura, creio eu. Nem mesmo me ofereci para recuperar a pá que deixara lá embaixo.

"A coisa começou a ficar feia e lançamos o bote n'água. O segundo escaler também estava pronto para descer ao mar. Tínhamos ainda outro, de catorze pés, amarrado na popa.

"De repente, então, a fumaçada diminuiu. Redobramos nossos esforços para inundar o porão do navio. Em dois dias já não havia mais fumaça. Todo mundo ria de contente. Isso foi numa sexta-feira. No sábado não se trabalhou, fizemos apenas coisas de rotina. Os homens lavaram as roupas e o rosto pela primeira vez em duas semanas e se reuniram num jantar especial. Falavam com desprezo da combustão espontânea e davam a entender que isso de combustão era com eles mesmos. Na verdade, sentiam-se todos como que herdeiros de uma grande fortuna. Mas um cheiro horrível de queimado pesava sobre o navio. O capitão Beard tinha os olhos fundos, faces encovadas. Nunca notara antes como era encurvado e manco. Ele e Mahon examinavam, calados, escotilhas e ventiladores, cheirando. De repente, observei que Mahon era bem velho. Quanto a mim, estava contente e orgulhoso, como se tivesse ajudado a vencer uma grande batalha naval. Ah, juventude!

"A noite estava belíssima. Pela manhã passara por nós um navio rumo à pátria – o primeiro que víamos em meses. Mas, finalmente, estávamos próximos de terra, a Ponta de Java ficava a 190 milhas, ao norte.

"No dia seguinte, das oito horas ao meio-dia, foi o meu turno no convés. No café-da-manhã o capitão observou: 'É espantoso, mas o cheiro chegou até o camarote!'. Lá pelas dez horas, estando o piloto na popa, andei até a primeira coberta por momentos. O banco do carpinteiro ficava atrás do mastro grande. Inclinei-me sobre ele, mordendo o cachimbo, e o carpinteiro, um jovem marinheiro, veio falar comigo: 'Acho que trabalhamos bem, não é mesmo?'. Em seguida, com irritação, percebi que o maluco estava tentando empurrar o banco. Disse, com delicadeza: 'Não faça isso, Chips' – e imediatamente senti uma estranha sensação, uma absurda ilusão, parecia que de certa maneira me encontrava no ar. Escutei em torno de mim uma respiração suspensa exalada de repente, como se milhares de gigantes dissessem 'fu-u-u' – e senti um choque surdo que me fez todas as costelas doerem. Não havia dúvida – eu estava no ar e o meu corpo descrevia uma rápida parábola. No entanto, embora curto, tive tempo de pensar em várias coisas, na seguinte ordem, conforme me recordo delas: 'Não pode ter sido o carpinteiro. – Que foi? Algum acidente. – Um vulcão submarino? – Carvão, gases. – Meu Deus, vamos todos pelos ares. – Todos mortos. – Estou caindo na escotilha da ré. – Estou vendo o fogo lá dentro...'.

"O pó de hulha no momento de explodir ardera como um clarão vermelho suspenso no ar do porão. Num abrir e fechar de olhos, numa infinitésima fração de segundo, depois do banco ser jogado, eu já estava estatelado ao comprido na carga. Levantei-me sozinho e fugi. Tão rápido como se desse um pulo. O convés transformara-se numa selva de paus de lenha, emaranhado como uma floresta após o tufão; uma imensa cortina de farrapos drapejava suavemente diante de mim – era a vela grande reduzida a farrapos. Pensei: 'Os mastros estão a ponto de cair' – e para sair do caminho me atirei de quatro pela escada do tombadilho abaixo. A primeira pessoa que vi foi Mahon, de olhos vidrados, boca aberta e os longos cabelos brancos arrepiados em volta da cabeça como um halo de prata. Estava para descer quando a visão da coberta estalou, saltou e se fez em pedaços diante de seus olhos, deixando-o literalmente petrificado. Olhei para ele, incrédulo, e Mahon me fitou com uma curiosidade chocante, única. Eu não sabia que estava sem cabelos, sem sobrancelhas, sem cílios, nem que meu bigode juvenil tinha desaparecido, nem que meu rosto estava negro e ferido, o nariz machucado, queixo sangrando. Perdera o gorro, um dos meus sapatos e a minha camisa estava toda rasgada. Não sabia de nada disso. Estava surpreso por ver o navio ainda à superfície, o tombadilho ainda inteiro – e, mais do que tudo, por ver alguém vivo. Também a paz que reinava no céu e a tranqüilidade do mar me eram surpreendentes. Acho que esperava vê-los convulsionados de horror... Passe a garrafa.

"OUVI UMA VOZ VINDA DE ALGUM LUGAR – do ar, do céu, não sei dizer. De repente, vi o capitão a gritar como um doido 'Onde está a mesa do camarote?' – e escutar uma pergunta destas foi um choque terrível. Eu acabara de ser apanhado em cheio por uma explosão, vocês podem compreender, e tremia ainda devido àquela experiência – nem mesmo tinha a certeza de estar vivo. Mahon começou a bater com os pés e gritou para o capitão: 'Meu Deus! Não está vendo que o convés foi pelos ares?'. Recuperei a minha voz e gaguejei, como se estivesse consciente de uma grande falta: 'Não sei onde está a mesa do camarote'. Era tudo como um sonho absurdo.

"Sabem o que é que o capitão queria, logo em seguida? Pois bem: queria as vergas. Placidamente, como se tivesse perdido a razão, insistiu para que se guarnecessem as vergas de vante. 'Não sei se há alguém vivo depois disso', disse Mahon, com voz de choro. 'Com certeza haverá alguém para guarnecer as vergas de vante', disse o capitão.

"Parece que o velho marinheiro estava no seu beliche dando corda nos cronômetros quando o choque o pôs fora de si. Imediatamente lhe ocorreu – como disse mais tarde – que o navio havia batido em alguma coisa, e correu para o camarote. Lá ele viu que a mesa havia desaparecido. Como o convés fora pelos ares, a mesa naturalmente caíra no paiol da popa. Onde tínhamos comido pela manhã, o capitão vira apenas um grande buraco, fato que lhe pareceu tão terrivelmente misterioso e o impressionou tanto que tudo o que viu e ouviu depois de chegar ao convés era quase nada em comparação a ele. E, vejam bem, notou logo o timão sem ninguém e o escaler fora de rumo – e seu único pensamento foi repor aquela miserável carcaça de navio destripada, sem coberta, presa das chamas, com a proa dirigida para seu porto de destino. Bangkok! Era o que ele pretendia. Digo para vocês que aquele homenzinho tranqüilo, encurvado, capenga, quase deformado, era enorme quando se tratava da obstinação de sua idéia e na sua plácida ignorância em relação à nossa agitação. Mandou-nos para a proa com um gesto de comando e pessoalmente guarneceu o timão.

"Sim, esta foi a primeira coisa que fizemos – guarnecer as vergas daquela ruína! Ninguém havia morrido, ninguém ficara inválido, mas todos estavam mais ou menos feridos. Só vendo! Alguns ficaram esfarrapados, com os rostos enegrecidos, como carregadores de carvão, como limpa-chaminés, e as cabeças pareciam embutidas no ombro, mas na realidade estavam queimados, com as peles chamuscadas. Outros, que estavam no quarto da coberta, despertaram ao serem atirados para fora de seus beliches, e tremiam sem parar, resmungando, mesmo quando continuamos com o trabalho. Mas todos trabalharam. A tripulação de Liverpool era feita de gente boa. Pela minha experiência, sempre são boa gente. É o mar que faz isso – a vastidão, a solidão que cerca suas almas sombrias... Tropeçamos, arrastamo-nos, caímos, arranhamos as pernas por entre os destroços, manobramos. Os mastros agüentaram, mas não sabíamos quantos estariam queimados na base. O tempo estava quase calmo, mas uma longa rajada veio do oeste e fez o navio andar. Os mastros poderiam cair a qualquer momento. Olhávamos para eles, apreensivos. Para que lado cairiam não se podia prever.

"Em seguida recuamos para a proa e olhamos à nossa volta. O convés era uma confusão de pranchas, de lascas de pau, de madeira arrebentada. Os mastros se elevavam desse caos como grandes árvores acima de uma rasteira e intrincada vegetação. Os interstícios dessa massa de destroços estavam tomados por alguma coisa esbranquiçada, vagarosa, irritante – de alguma coisa que se assemelhava a uma névoa gordurosa. A fumaçada do incêndio invisível novamente se elevava, estava se arrastando como uma neblina espessa e venenosa num vale povoado de árvores mortas. Pequenas e preguiçosas faíscas já começavam a se elevar por entre os escombros. Aqui e ali, de pé, um pedaço de madeira parecia um poste. Metade de uma roda de leme fora cuspida através da vela de vante, e o céu era um pedaço de azul por entre as velas terrivelmente sujas. Um feixe de tábuas caíra no corrimão, atravessadas, e um dos extremos despontava na borda como um trampolim que levasse a lugar algum, um trampolim sobre o mar profundo, sobre a morte – como se nos convidasse a andar rapidamente sobre a prancha e acabar assim com nossas ridículas inquietações. E no ar, no céu, pressentia-se um fantasma, qualquer coisa de invisível continuava chamando o navio.

"Alguém teve o bom senso de olhar para as águas: lá estava o homem do leme que impulsivamente havia se atirado ao mar, ansioso agora para voltar a bordo. Gritava e nadava com vigor, como um Tritão acompanhando o navio. Atiramos uma corda para ele e logo o timoneiro estava entre nós, escorrendo água, abatido. O capitão, que entregara o leme a outro, olhava fixamente o mar, com os cotovelos fixos na amurada, queixo na mão, solitário. Nós nos perguntávamos o que viria depois. Eu pensava: 'Eis alguma coisa de grande! É espantoso! Gostaria de adivinhar o que nos espera'. Ah, juventude!

"De repente, Mahon avistou um navio pela popa. O capitão Beard disse: 'Ainda podemos fazer alguma coisa'. Içamos duas bandeiras, que na linguagem internacional do mar queriam dizer: 'Incêndio a bordo. Precisamos de assistência imediata'. O vapor parecia crescer e pouco depois falava com duas bandeiras no mastro: 'Vamos ajudá-los'.

"Meia hora depois emparelhavam conosco, a barlavento e ao alcance da voz, máquinas paradas. Perdemos a calma e desatamos a gritar, juntos e excitados: 'Sofremos uma explosão!'. Um homem de capacete branco, na ponte, gritou: 'Sim! Não há de ser nada! Não há de ser nada!', e sacudiu a cabeça, sorriu e fez gestos tranqüilizadores com a mão, como se falasse a um bando de crianças assustadas. Um dos botes desceu à água e veio em nossa direção, na crista da onda, com seus remos compridos. Era movido por quatro calaches, a um ritmo bem balançado. Era a primeira vez que via marinheiros malaios. Vi-os depois, mas o que me surpreendeu então foi o seu descaso: chegaram ao costado do navio e nem mesmo o proeiro, de pé, segurando a escada de quebra-peito com o croque, se dignou a levantar a cabeça para olhar. Eu pensava que os tripulantes de um navio que sofrera uma explosão mereceriam maior deferência.

"Subiu a bordo um homenzinho seco como uma palha e ágil como um macaco. Era o piloto do vapor. Passou os olhos pelo navio e gritou: 'Olá, rapaziada! É melhor vocês abandonarem isso aqui!'. Ficamos em silêncio. O piloto conversou durante algum tempo a sós com o capitão. Pareciam discutir. Depois seguiram juntos para o vapor.

"Quando o nosso capitão voltou, soubemos que o vapor se chamava *Sommerville* e era comandado pelo capitão Nash, ia de Singapura à Batávia levando correspondência, e tinha chegado a um acordo para nos rebocar até Anjer ou até a Batávia, se possível, onde poderíamos extinguir o fogo abrindo as escotilhas e em seguida prosseguir a nossa viagem – para Bangkok! O velho parecia excitado: 'Haveremos de conseguir!', disse a Mahon, sério. Fechou o punho num desafio ao céu. Ninguém disse uma palavra.

"Ao meio-dia, o vapor começou a nos rebocar. Seguia na frente, elegante, aprumado, e o que restava do *Judea* o seguia no extremo do cabo de reboque de setenta braças – seguia-o rapidamente como uma nuvem de fumaça da qual se elevavam borlas de mastros. Subimos aos mastros para ferrar as velas. Tossíamos nas vergas e tomávamos precauções com a boa armação das velas. Vocês podem nos ver lá em cima, ferrando novamente as velas daquele navio condenado a não chegar à parte alguma? Pois não havia um único homem que não pensasse que a qualquer momento os mastros poderiam desabar. De cima não podíamos ver o navio devido à fumaça, e trabalhávamos cuidadosamente dando o mesmo número de voltas nas antegalhas. 'Ó de boreste, ferra com firmeza!', gritava Mahon do convés.

"Conseguem compreender a situação? Não acho que nenhum daqueles marujos esperasse descer normalmente. Quando desci, escutei-os dizendo um para o outro: 'Puxa! Pensei que íamos descer num salto por cima da borda, dos mastros e de tudo... macacos me mordam se não pensei...'. 'Era o que eu também estava pensando', respondeu, em voz cansada, outro espantalho sujo e esfarrapado. E lembrem-se de que aqueles homens não tinham o hábito militar da obediência. Para um estranho seria um punhado de gente sem valor nenhum. Por que faziam aquilo? Por que obedeceram quando achei, muito convencido, que havia uma beleza evidente naquele trabalho e os mandei arrear duas vezes a vela do traquete para fazer o trabalho bem feito? O quê! Não tinham reputação profissional a zelar – nenhum exemplo, nenhum elogio. Não era senso de dever; todos sabiam muito bem como fugir às tarefas, como fazer corpo mole, preguiçosos – quando queriam, e na maioria das vezes o queriam. Seriam as duas libras e dez xelins por mês? Não, nenhum deles achava que o pagamento pagasse a metade da canseira. Não. Era alguma coisa que havia neles, alguma coisa inata, sutil, duradoura. Não digo positivamente que a tripulação de um navio mercante francês ou alemão não fizesse a mesma coisa, mas duvido que o fizesse da mesma maneira. Havia certa plenitude, qualquer coisa tão sólida como um princípio e tão dominadora quanto um instinto – a revelação de alguma coisa secreta, essa coisa oculta, esse dom do mal ou do bem que faz a diferença das raças e modela o destino das nações.

"Foi nessa noite, às dez horas, que, pela primeira vez desde que o vínhamos combatendo, vimos o fogo. A rapidez do reboque estimulara a lenta destruição. Uma chama azul apareceu na proa refulgindo por baixo dos destroços do convés. Desdobrava-se em camadas, parecia estimular-se e tremeluzir como o pisca-pisca de um vagalume. Fui o primeiro a vê-la e avisei Mahon.

'Então já perdemos a partida', disse ele. 'Seria melhor desistir do reboque, caso contrário o navio poderá explodir de repente, da proa à ré, antes que a gente tenha tempo de cair fora.' Gritamos; tocamos campainhas para atrair a atenção do vapor; o reboque continuou. Finalmente eu e Mahon tivemos de nos arrastar até a proa e cortar o cabo com uma machadinha. Não houve tempo para desfazer os nós. Línguas vermelhas de fogo lambiam a confusão de tábuas sob nossos pés quando voltávamos para a popa.

"Claro que notaram lá do vapor, tempos depois, que o cabo se partira. O vapor soltou um apito agudo, seus holofotes descreveram um grande círculo e o navio aproximou-se, emparelhou conosco e parou. Estávamos reunidos em grupo, na popa, olhando. Todos os homens haviam salvado um pequeno embrulho ou uma mala. De repente uma chama cônica, retorcida na ponta, se lançou para o alto e descreveu sobre o negro mar um círculo de luz, com os dois navios, juntos, balançando suavemente no centro. O capitão Beard estivera durante horas sentado na grade do tombadilho, em silêncio, mas levantou-se vagarosamente e avançou à nossa frente e foi em direção à enxárcia da mezena. O capitão Nash gritou: 'Vamos embora! Depressa, tenho malas postais a bordo! Levarei o senhor e seus homens até Singapura'.

"'Não, obrigado', disse o velho. 'Temos de ficar até o fim.'

"O outro gritou: 'Não posso demorar mais! A correspondência, o senhor tem de compreender.'

"'Sim, sim, estamos bem.' 'Pois muito bem. Darei notícias de vocês em Singapura... Até a vista!'

"Acenou com a mão. Os nossos homens arriaram os embrulhos, tranqüilamente. O vapor pôs-se em marcha e, saindo do círculo de luz, desapareceu imediatamente da nossa vista, ofuscado pelo fogo que resplandecia. Nessa altura, fiquei certo de que iria ver pela primeira vez o Oriente comandando um pequeno bote. Achei que seria bom – e a fidelidade ao velho navio era uma coisa bonita. Tínhamos de ficar até o fim. Ah, o esplendor da juventude! Ah, o seu fogo, mais ofuscante do que as chamas do navio incendiado, atirando uma luz mágica pela extensão do mundo, saltando audaciosamente para o céu – um fogo que será extinto pelo tempo, mais cruel, mais impiedoso, mais amargo do que o mar – e, como as chamas do navio incendiado, cercado por uma noite impenetrável!

"O velho, no seu jeitão suave e inflexível, nos avisou que fazia parte do nosso dever salvar todos os equipamentos que fosse possível para as agências de seguro. Começamos a trabalhar na popa, enquanto o navio permanecia bem iluminado pelas labaredas da proa. Retiramos uma porção de destroços. O que não salvamos? Um velho barômetro preso com uma absurda quantidade de parafusos quase me custou a vida: uma súbita coluna de fumaça caiu sobre mim e eu tive apenas o tempo necessário para correr. Havia vários depósitos, rolos de velas, maços de cabos; a popa parecia um bazar da Marinha, e os botes estavam jogados contra a amurada. Era de se supor que o velho queria levar consigo tudo o que podia daquele seu primeiro comando. Estava tranqüilo, mas era óbvio que perdera o equilíbrio mental. Podem acreditar? Ele quis levar na lancha um pedaço de cabo velho e um ancorote. Nós dissemos: 'Pois não, senhor!', com deferência, e tranqüilamente deixamos essas coisas escorregarem pela borda. O pesado saco dos medicamentos desceu também, da mesma maneira, dois sacos de café verde, latas de tinta – vejam só, latas de tinta – e uma porção de coisas. Depois recebi ordens de baixar os botes, com mais dois marinheiros, e prepará-los para o momento de abandonar o navio.

"Pusemos tudo em ordem, arvoramos o mastro do bote para o capitão que deveria comandá-lo. Sentei-me por instantes. Sentia o rosto duro, meus membros doíam como se estivessem quebrados. Sentia todas as minhas costelas e sabia exatamente onde se encontravam todos os ossos da minha coluna vertebral. Os botes, amarrados à popa, estavam envolvidos em uma sombra profunda e à volta eu podia ver o círculo do mar iluminado pelo fogo. Uma chama gigantesca se elevou, clara e direta. Brilhava com violência, com ruídos semelhantes ao bater de asas, com rumores de trovão. Houve estalos, detonações e, do cone das chamas, as faíscas se elevaram no ar. O homem nasceu para a dificuldade, para os navios que fazem água e para os navios que se incendeiam.

"O que mais me incomodava era ver que o navio adernava sob o vento brando – um simples sopro – e que os botes não se mantinham na proa, teimando, com a teimosia própria dos barcos, em se meter por baixo da popa e rodar até ficarem paralelos ao casco. Os botes dançavam perigosamente e se aproximavam da chama enquanto eram sacudidos pelo navio, e naturalmente havia sempre o perigo de os mastros tombarem a qualquer momento. Eu e os dois marinheiros mantivemos os botes a distância da melhor forma que conseguimos, com remos e croques, mas esse trabalho nos exasperava, pois não havia razão para não abandonarmos imediatamente o navio. Não podíamos ver os que estavam a bordo, nem imaginar a causa daquele atraso. Os homens blasfemavam em voz baixa, e eu devia não somente fazer a minha parte do trabalho como também fazer com que trabalhassem aqueles dois homens que manifestavam constante inclinação para largar tudo e deixar as coisas rolarem.

"Finalmente, gritei: 'Ó do convés!' – e alguém apareceu. 'Aqui já estamos prontos', disse eu. A cabeça desapareceu e logo depois surgiu novamente: 'O capitão diz que tudo bem, senhor, e que mantenha os botes bem distantes do navio'.

"Meia hora se passou. De repente, houve um espantoso estrondo, um ruído de ferragens, correntes a chiar, um jato d'água e milhões de faíscas voaram para a trêmula coluna de fumaça que se inclinava ligeiramente por cima do navio. Os turcos* haviam se alterado pelo fogo e os dois ferros em brasa tinham descido para o fundo do mar, arrastando consigo duzentas braças de amarras igualmente em brasa. O navio tremeu, a massa de chamas oscilou como se fosse cair e o mastaréu da proa tombou como uma flecha de fogo, ricocheteando. Logo em seguida, com um salto do tamanho de um dos nossos remos, ficou flutuando tranqüilo e negro no mar resplandecente. Novamente chamei do convés. Passado

* Coluna de ferro em cuja parte superior, recurvada, fica o aparelho de içar botes etc. (N. do T.)

um tempo, um homem com um tom de voz inesperadamente alegre, embora abafado como se tentasse falar com a boca fechada, me informou: 'Estamos indo, senhor!' – e desapareceu. Nada mais ouvi a não ser o estalar e o rugir do fogo durante algum tempo. Havia também assobios. Os botes saltavam, davam guinadas e puxavam pelas amarras, jogavam-se uns contra os outros, batiam seus cascos ou, a despeito de nossos esforços, se reuniam em grupo contra o navio. Não consegui agüentar mais e, pegando um cabo, subi para bordo pela popa.

"Estava claro como um dia. Vindo do mar, o lençol de fogo que se apresentava diante de mim era uma visão terrível e o calor a princípio mal parecia suportável. Num colchão retirado do camarote, o capitão Beard, de pernas estiradas e um braço debaixo da cabeça, dormia, com a luminosidade a brincar sobre seu corpo. Pois sabem o que os outros estavam fazendo? Estavam sentados no convés da popa em volta de um saco aberto, comendo pão com queijo e bebendo cerveja!

"Sobre aquele fundo de chamas que se retorciam em esquisitas línguas de fogo acima de suas cabeças, pareciam estar em casa, como salamandras, e aparentavam um bando de piratas desesperados. O fogo refletia-se no branco dos olhos, cintilava nos pedaços de pele branca que as camisas rotas mostravam. Em todos, os sinais de batalha: cabeças enfaixadas, braços na tipóia, um farrapo sujo em torno do joelho... e cada homem tinha uma garrafa entre as pernas e um pedaço de queijo nas mãos. Mahon se levantou. Com sua bela cabeça, perfil de anzol, longa barba branca, uma garrafa ainda fechada na mão, parecia um antigo bucaneiro entregando-se ao prazer em meio à violência e ao desastre.

"'A última refeição a bordo', explicou solenemente. 'Não comemos nada durante o dia e não valeria a pena deixar tudo isto pra trás.' Com a garrafa indicou o capitão dormindo. 'Ele disse que não podia beber, de maneira que lhe arrumei a cama', continuou Mahon enquanto eu olhava para ele. 'Não sei se está sabendo, meu rapaz, que o homem não dormiu durante dias inteiros, e que haverá muito pouco tempo para se dormir nesses botes.'

"Respondi, indignado: 'Não haverá nenhum bote por perto se vocês continuarem nisso por muito tempo.' Aproximei-me do capitão e o sacudi pelos ombros. Finalmente o velho abriu os olhos, mas não se moveu: 'É hora de abandonar o navio, senhor' – disse eu, em tom calmo.

"Ele se levantou dolorosamente, olhou para as chamas, para o mar que cintilava à volta do navio e que mais longe permanecia negro como tinta; olhou para as estrelas que tremeluziam através de um delgado véu de fumaça num céu negro, negro como Érebo.

"'Os mais jovens em primeiro lugar', disse ele.

"E os marinheiros, limpando a boca com as costas das mãos, se levantaram, galgaram a amurada da popa e desapareceram. Os demais os seguiram. Um deles, na hora de saltar, parou um pouco para ver o fundo da garrafa e, abrindo os braços, jogou-a ao fogo, gritando: 'Toma isto!'.

"O capitão se demorava, desconsolado, e o deixamos em paz com a comunhão solitária de seu primeiro comando. Depois, subi mais uma vez a bordo e o trouxe comigo, finalmente. Já era tempo. A ferragem da popa estava quente quando a tocávamos.

"Em seguida, cortamos o cabo da baleeira e as três embarcações, amarradas umas às outras, se afastaram do navio. Quando o abandonamos estávamos exatamente a dezesseis horas da explosão. Mahon estava no comando do segundo bote e eu tinha o menor – o de catorze pés. A lancha poderia conter todos nós, mas o capitão dissera que deveríamos salvar tudo o que fosse possível – para os homens do seguro – e assim eu tive o meu primeiro comando. Havia dois homens comigo, uma caixa de biscoitos, algumas latas de carne e uma barrica d'água. Recebi ordens de navegar perto da lancha para, em caso de mau tempo, passarmos para bordo.

"Pois sabem o que eu pensei? Pensei que deveria dizer-lhes adeus tão logo fosse possível. Eu desejava ter o meu primeiro comando somente para mim mesmo. Não iria velejar numa esquadra, se houvesse oportunidade de um cruzeiro independente. Chegaria a terra sozinho. Iria à frente dos outros botes. Juventude! Nada mais do que juventude! A estúpida, encantadora e bela juventude!

"No entanto, não partimos de imediato. Devíamos ver o navio afundar. E por isso os botes vagaram e vagaram em torno do navio aquela noite, balançando-se nas ondas. Os homens cochilavam, despertavam, suspiravam, resmungavam. Eu olhava para o navio em chamas.

"Entre a escuridão de mar e céu, o navio se consumia violentamente, sobre um círculo de água púrpura, desenhado pelas chamas cor de sangue sobre um disco de água rebrilhante e sinistro. Uma chama alta e esguia, uma imensa e solitária chama, se elevava do oceano e, do seu alto, a fumaça negra subia constantemente para o céu. O navio ardia com fúria, imponente e aflitivo como uma essa de funeral plantada na noite, cercada pelo mar, vigiada pelas estrelas.

Uma morte magnífica viera como uma graça, como uma dádiva, como uma recompensa para aquele velho brigue no final de seus dias laboriosos. A entrega de seu cansado fantasma à guarda das estrelas e do mar era excitante como a visão de um triunfo glorioso. Os mastros caíram pouco antes de raiar o dia e por um instante houve um redemoinho de faúlhas que parecia encher de fogo voador a noite paciente e vigilante, a vasta noite silenciosa sobre o mar. À luz do dia, o navio era apenas oca carcaça flutuando, ainda sob uma nuvem de fumaça, transportando uma massa de carvão em brasa.

"Depois recolhemos os remos e os botes, que, em linha, se movimentaram em torno dos restos do navio como numa procissão – a lancha à frente. Quando passávamos pela popa, uma leve língua de fogo arremeteu-se contra nós e, de repente, o navio foi a pique, da proa para baixo, cuspindo água. A popa, que não fora consumida pelo fogo, fora a última a afundar; mas a pintura desaparecera, rachara, caíra e já não havia letras nem palavras, nada que fosse, nenhuma obstinada divisa que lhe desse a alma que fazia, ao sol nascente, que ele brilhasse o seu credo e o seu nome.

"RUMAMOS PARA O NORTE. Soprava uma brisa, e, mais ou menos ao meio-dia, todos os botes se reuniram pela última vez. Eu, no meu, não tinha mastros nem velas, mas fiz um mastro com um remo sobressalente e icei um toldo de navio como vela, tendo um croque como verga. Certamente o bote estava com mastro demais, mas eu tinha a satisfação de saber que, com o vento em popa, venceria os outros dois. Precisei esperá-los. Depois, todos examinamos o mapa do capitão e, após uma refeição em comum de pão duro e água, recebemos nossas últimas instruções. Elas eram simples: velejar para o Norte e nos mantermos tão juntos quanto possível. 'Tenha cuidado com essa vela improvisada, Marlow', me disse o capitão, e Mahon franziu seu nariz recurvo quando passei orgulhosamente por seu bote e advertiu: 'Se não prestar atenção, você vai acabar jogando este bote no fundo, rapaz'. Era um velhote irônico – que o mar profundo, onde agora dorme, o embale terna e suavemente até o fim dos tempos!

"Antes do pôr-do-sol, um pesado aguaceiro passou por cima das outras duas embarcações, que estavam bem atrás, e durante algum tempo não voltei a vê-las. No dia seguinte, ao leme da minha casca-de-noz – o meu primeiro comando –, só tinha mar e céu à minha volta. À tarde, avistei as velas altas de um navio muito distante, mas nada disse e os meus homens nada perceberam. Compreendam vocês, eu temia que o navio estivesse de regresso e absolutamente não me passava pela cabeça voltar das portas do Oriente. Eu estava velejando para Java – outro nome abençoado como Bangkok. Velejei durante dias e dias.

"Não preciso dizer a vocês o que é estar a balançar num bote desabrigado. Me lembro de noites e dias de calmaria, quando remávamos e remávamos, e o bote parecia ficar tranqüilo como que enfeitiçado dentro do círculo do horizonte marítimo. Me lembro do calor, do dilúvio que nos obrigava a tirar água com balde para salvarmos a pele (mas pelo menos enchia o nosso barril), e me lembro das dezesseis horas sem fim, da boca seca como cinza e do remo apoiado na proa, para manter minha atenção voltada para um mar revolto. Não sabia até então que eu era o que se pode chamar de um homem! Lembro os rostos cansados, as figuras abatidas dos meus dois homens, lembro da minha juventude e de um sentimento que nunca mais haverá de voltar – o sentimento de que eu podia durar para sempre, mais do que o mar, do que a terra, do que todos os homens; o ilusório sentimento que nos atrai para alegrias, para perigos, para o amor, para o vão esforço – para a morte; a triunfante convicção de força, o calor da vida numa mão cheia de pó, a chama do coração que todo ano diminui, esfria, arrefece e expira – expira muito depressa, depressa demais, antes da própria vida.

"E foi assim que eu vi o Oriente! Vi os seus lugares secretos e vislumbrei a sua alma; mas agora eu o vejo sempre de bordo de um pequeno barco, uma linha alta de montanhas azuis e distantes na manhã; com uma leve neblina ao meio-dia; como uma muralha de púrpura recortada ao pôr-do-sol. Sinto o remo na minha mão, tenho a visão do mar azul nos meus olhos. E vejo uma baía, uma imensa baía, macia como um espelho e polida como gelo, cintilando no escuro. Uma luz vermelha arde a distância sobre a escuridão da terra e a noite está suave e cálida. Puxamos os remos com os nossos braços doloridos e, de repente, um sopro de vento, um sopro leve, tépido de vento carregado de estranhos odores vegetais, de madeiras aromáticas, vem daquela noite tranqüila – o primeiro suspiro do Oriente no meu rosto. Nunca mais poderei esquecer isso. Era impalpável e déspota como um encantamento, como uma sussurrada promessa de algum prazer misterioso.

"Na última etapa tínhamos remado onze horas seguidas. Dois remavam e o que descansava segurava o leme. Havíamos visto a luz vermelha da baía e velejávamos em sua direção, calculando que deveria representar algum pequeno porto costeiro. Passamos por dois navios estrangeiros, de popa alta e exóticos, que dormiam ancorados, e já próximos do farol esmaecido batemos com a proa do bote na ponta de um ancoradouro. Estávamos cegos de tanta fadiga. Os homens largaram os remos e caíram dos bancos, como mortos. Amarrei o bote numa estaca. Uma corrente de ar agitava brandamente as águas. A obscuridade da costa se agrupava em grandes massas, uma infinidade de camadas colossais de vegetação ao que parecia – mudas e fantásticas sombras. E embaixo, o semicírculo de uma praia reluzia debilmente – como uma ilusão. Não havia uma luz sequer, um movimento, um som. O misterioso Oriente estava diante de mim, perfumado como uma flor, silencioso como a morte, escuro como uma sepultura.

"E lá estava eu, mais cansado do que saberia descrever, exultante como um conquistador, insone e em transe como se estivesse frente a um enigma fatal e profundo.

"Um bater de remos, um leve ruído rítmico ao nível da água, ampliado pelo silêncio da costa, me fez saltar. Um bote, um bote europeu estava chegando. Invoquei o nome do morto e chamei: 'Ó de bordo, do *Judea*!'.

"Um pequeno grito me respondeu. Era o capitão. Eu havia ultrapassado sua lancha em três horas e estava contente por ouvir novamente a voz do velho, trêmula e cansada. 'É você, Marlow?' Gritei: 'Cuidado com a ponta do molhe, senhor!'.

"O bote se aproximou cuidadosamente, manejado com a linha de prumo que havíamos salvado – para os homens do seguro. Folguei a boça do escaler e fiquei a seu lado. O capitão era uma figura abatida na popa, úmido de sereno, as mãos cruzadas no peito. Seus homens já dormiam.

"'Foi terrível', murmurou. 'Mahon ficou para trás, não muito distante.'

"Conversávamos em voz baixa, como se receássemos despertar a terra. Canhões, trovoadas, terremotos não poderiam despertar os homens. Olhando à volta, enquanto conversávamos, vi à distância, no mar, uma límpida luz navegando na noite.

"'Lá vai um vapor passando pela baía', disse eu.

"O vapor não estava passando, estava entrando – e até mesmo se aproximou e lançou âncora.

"'Gostaria que você descobrisse se é um navio inglês', disse o capitão. 'Talvez pudesse nos levar para algum lugar.'

"Parecia excitado e nervoso. Assim, com murros e pontapés, coloquei um dos meus homens em estado de sonambulismo e, dando-lhe um dos remos, tomei o outro e remamos em direção às luzes do vapor.

"Havia um murmúrio de vozes a bordo, ruídos metálicos e cavos na casa de máquinas, passos no convés. As portinholas brilhavam, redondas como olhos dilatados. Sombras se movimentavam, e surgiu a silhueta de um homem no alto da ponte de comando. Ele escutou o ruído dos meus remos.

"E então, antes que pudesse abrir os lábios, o Oriente me falou, embora numa voz ocidental. Uma torrente de palavras foi despejada no silêncio enigmático e fatídico; palavras exóticas, iradas, misturadas com palavras e mesmo frases inteiras em bom inglês, menos estranho mas ainda assim mais surpreendente. A voz praguejava e xingava violentamente; destroçava a solene paz da baía com uma enxurrada de injúrias. Começou por me chamar de porco e daí em diante continuou em crescendo para adjetivos impossíveis de se reproduzir – em inglês. O homem que estava na ponte do comando se enraivecia em voz alta, em duas línguas, com uma sinceridade na sua fúria que quase chegou a me convencer de que, de alguma maneira, eu havia cometido um pecado contra a harmonia universal. Mal podia vê-lo, mas comecei a pensar que ele acabaria tendo um acesso de loucura.

"De repente, parou de praguejar e consegui escutá-lo, roncando e soprando como uma foca. Perguntei: 'Por favor, que navio é este?'.

"'Hem? O que é isto? E quem é você?' 'Tripulação naufragada de um navio inglês que se incendiou no mar. Chegamos aqui hoje à noite. Sou o segundo-piloto. O capitão está na lancha e deseja saber se vocês podem nos levar para algum lugar.'

"'Oh, meu Deus! Quer dizer... Este é o *Celestial* vindo de Singapura em sua viagem de retorno. Pela manhã combinarei com seu capitão... e... o senhor me escutou gritando há pouco?' 'Creio que toda a baía escutou.'

"'Pensei que se tratasse de um barco costeiro. Agora, escute aqui... esse diabo desse preguiçoso desse canalha do guarda está dormindo de novo, maldito seja! As luzes estavam apagadas e eu quase jogo o navio de ponta nesse molhe do inferno. É a terceira vez que ele me prega uma peça dessas. Diga-me se alguém pode tolerar uma coisa dessas... É o suficiente para deixar alguém maluco. Darei parte dele... Vou fazer com que o encarregado o demita...! Está vendo, não tem luz!? Imagine só... sem luz. O senhor é testemunha de que está apagada. Como deve saber, precisa haver uma luz ali. Uma luz vermelha no...'

"'Mas havia uma luz', disse eu, calmamente. 'Mas apagou-se, homem! De que adianta ficar falando nisso? O senhor mesmo pode ver que ela desapareceu, não pode? Se o senhor tivesse de trazer um vapor caro como este ao longo de uma danada de uma costa, o senhor também iria querer uma luz. Mas hei de escorraçá-lo daqui a pontapés. Ora, vai ver se não vou... Vou...'

"'Portanto posso dizer a meu capitão que irão nos receber?', interrompi.

"'Pode, vamos recebê-los. Boa noite', disse ele, bruscamente.

"Retornei ao molhe, amarrei mais uma vez o bote e finalmente dormi. Havia já enfrentado o silêncio do Oriente. Havia escutado um pouco de sua linguagem. Mas quando abri meus olhos de novo o silêncio era tão completo como se jamais tivesse sido interrompido. Eu estava deitado numa torrente de luz debaixo de um céu que nunca me pareceu tão distante e tão alto. Abri os olhos e fiquei assim mesmo, sem me mexer.

"Foi então que vi os homens do Oriente – eles estavam me olhando. Toda a extensão do navio estava cheia de gente. Vi rostos pardos, bronzeados, amarelos, olhos negros, o brilho, a cor da multidão oriental. E todo esse pessoal me olhava fixamente sem um murmúrio, sem um suspiro, sem um movimento. Fitavam os botes, os homens adormecidos que durante a noite o mar lhes trouxera. Nada se mexia.

"As copas das palmeiras mantinham-se tranqüilas contra o céu. Nem um ramo oscilava ao longo da costa e telhados castanhos de casas ocultas surgiam por entre folhagens verdes, por entre os grandes galhos que pendiam brilhantes e tranqüilos como folhas forjadas em metal pesado. Aquele era o Oriente dos antigos navegadores, velho misterioso, resplandecente e sombrio, vivo e inalterado, cheio de perigos e promessas. E aqueles homens eram seus homens. Sentei-me rapidamente. A multidão movimentou-se, como uma onda, de um extremo ao outro do molhe, balançando as cabeças, oscilando os corpos, ao longo do molhe como uma mareta sobre a água, como um sopro de vento no campo – e tudo voltou de novo à imobilidade. Posso vê-lo agora – a ampla baía, as areias refulgentes, a riqueza do infinito e variado verde, o mar azul como um mar de sonho, a multidão de rostos atentos, o esplendor de cores vívidas –, e a água refletindo tudo, a curva da costa, o cais, o vapor estrangeiro de popa para o alto a flutuar mansamente, e os três botes com os homens do Ocidente cansados e dormindo, inconscientes da terra e das pessoas e da violência dos raios solares. Dormiam estendidos nos bancos dos botes, encolhidos no convés, em poses descuidadas de morte. A cabeça do velho capitão apoiada na borda da lancha deslizara para o peito e dava a impressão de que ele jamais despertaria. Mais distante, o rosto de Mahon se encontrava de frente para o céu, com a longa barba branca espalhada pelo peito, como se tivesse morrido com um tiro ali mesmo onde estava, ao pé do leme; e um dos homens, encolhido na proa do bote, dormia com o rosto sobre a amurada, os braços em volta do bico da proa. O Oriente olhava para eles sem emitir um som.

"Desde então tenho sentido o seu fascínio; vi as misteriosas praias, a tranqüila água, as terras dos povos morenos, onde uma furtiva Nêmesis espreitava, perseguindo, dominando tantos homens de uma raça conquistadora que se orgulha de sua sabedoria, do seu conhecimento, de sua força. No entanto, para mim, todo o Oriente está contido nesta visão da minha juventude. Está tudo nesse momento em que abri meus olhos juvenis sobre ele. Chegava ao Oriente depois de batalhar contra o mar – e eu era jovem, e eu o vi olhando para mim. É tudo o que restou. Apenas um momento – de juventude! Um raio de sol sobre uma costa estranha, o tempo de lembrar, o tempo de suspirar e... bem, adeus! Noite – adeus!"

Marlow bebeu.

"Ah, os bons tempos – os bons tempos. Juventude e mar. Sedução e mar. O bom e poderoso mar, o salgado e amargo mar que podia sussurrar, rugir ou tirar-nos o fôlego."

Marlow bebeu novamente.

"Entre todas as maravilhas, é o mar, acredito, o mar em si mesmo – ou é a juventude em si? Quem pode dizer? Mas vocês aí – vocês que conseguiram alguma coisa da vida, dinheiro, amor, tudo o que se consegue na terra –, vocês não acham que o melhor dos tempos foi aquele em que éramos jovens no mar, jovens que nada tinham, no mar que não nos dá coisa alguma a não ser pancadas e por vezes uma oportunidade de sentirmos nossa própria força? Não seria somente esse o tempo que todos nós recordamos com saudade?"

E todos nós concordamos com ele: o homem de empresa, o guarda-livros, o advogado, todos nós concordamos com ele, mexendo a cabeça por sobre a mesa polida como um lençol tranqüilo de água escura que refletia nossos rostos vincados pelas rugas; nossos rostos marcados pelo trabalho, pelas decepções, pelo sucesso, pelo amor; nossos olhos cansados, procurando fixamente, sempre, com ansiedade, alguma coisa fora da vida que, enquanto se espera, já se foi – passa sem ser vista, como um suspiro, como um relâmpago –, junto com a juventude, a força, o romance das ilusões.

Cronologia

1857 – 3 de dezembro: nasceu Józef Teodor Konrad Korzeniowski, de pais poloneses da Ucrânia.

1861 – Seu pai, o poeta e tradutor Apollo Korzeniowski, é preso por conspiração antipatriótica.

1862 – Os pais de Conrad são exilados na região de Vologda, Rússia. O filho os acompanha.

1865 – Morte da mãe de Conrad.

1869 – Morte de Apollo Korzeniowski, em Cracóvia. Conrad fica sob a tutela do seu tio, Tadeusz Bobrowski.

1874 – Deixa a Polônia e vai a Marselha, para tornar-se um aprendiz na marinha mercante francesa.

1876 – Como camareiro no *Saint-Antoine*, conhece Dominic Cervoni, que figura nos livros *The Arrow of Gold (A flecha de ouro)*, *The Mirror of the Sea (O espelho do mar)*, *A Personal Record (Um registro pessoal)*, além de ter inspirado *Nostromo* e *The Rover*).

1877 – Provável envolvimento no contrabando de armas de Marselha para os carlistas (monarquistas espanhóis).

1878 – Atira no próprio peito, mas o ferimento não é grave; como conseqüência de sua tentativa de suicídio, seu tio perdoa suas dívidas. Abril: embarca no seu primeiro navio inglês, o *Mavis*, e mais tarde, no mesmo ano, junta-se ao *Skimmer of the Sea*.

1886 – Agosto: torna-se cidadão britânico. (Antes, como cidadão russo e filho de um condenado,

Conrad estava disponível ao serviço militar russo.) Novembro: passa no exame para o certificado de "mestre".

1887 – É internado em um hospital em Cingapura, por um ferimento a bordo de *Highland Forest*.

1887-1888 – Como oficial do navio *Vidar*, conhece o arquipélago malaio.

1888 – Mestre de *Otago*, único navio sob seu comando. (A viagem no Otago fornecerá material para os textos "Falk", "O agente secreto", "A smile of fortune" e "The shadow-line".

1889 – Deixa a embarcação *Otago*, se estabelece por um breve período em Londres e começa a escrever *Almayer's Folly (A loucura de Almayer)*. Inicia uma amizade duradoura com Marguerite Poradowska.

1890 – Trabalha no Congo belga para a Société Anonyme Belge pour le Commerce du Haut-Congo.

1891-3 – Sua mais agradável experiência no mar, como oficial de Torrens; encontra John Galsworthy, que está entre os passageiros e se torna amigo leal.

1893 – Visita a Ucrânia. Trabalha no *Adowa*.

1894 – Fevereiro: morte de Tadeusz Bobrowski. Outubro: *Almayer's Folly* é aceito por Unwin. Encontra-se com Edward Garnett, leitor de Urwin e amigo literário influente, e é apresentado a Jessie George.

1895 – *Almayer's Folly* é publicado.

1896 – É publicado *An Outcast of the Islands*. Conhece H. G. Wells. 24 de março: casa-se com Jessie George. Começa a trabalhar no *The Rescue* e inicia troca de correspondência com Henry James.

1897 – Corresponde-se com R. R. Cunninghame Graham (que se tornaria um grande amigo e fonte de inspiração para o personagem Gould de *Nostromo*). Publicação de *The Nigger of the 'Narcissus'*).

1898 – Publicação de *Tales of the Unrest* ("Karain", "The Idiots", "An Outpost of Progress", "The Return", "The Lagoon"). Começa colaboração com Ford Madox Ford (que então usava o nome de Hueffer). Inicia amizade com Stephen Crane. Nasce Borys Conrad.

1899 – Publicação em folhetins de *Heart of Darkness* (*O coração das trevas*), na Blackwood Magazine.

1899-1900 – *Lord Jim* é publicado, também em folhetim, na Blackwood.

1900 – Morre Stephen Crane. *Lord Jim* é publicado, em forma de livro. J. B. Pinker torna-se o agente literário de Conrad.

1901 – Publicação de *The Inheritors* (colaboração com Ford).

1902 – Publicação de *Youth: A Narrative; and Two Other Stories* ("Youth", "Heart of Darkness", "The End of the Tether"). *Typhoon* é publicado, em Nova York.

1903 – Publicação de *Typhoon and Other Stories* ("Typhoon", "Amy Foster", "Falk", "Tomorrow", e de *Romance* (em colaboração com Ford).

1904 – Jessie Conrad fere o joelho e fica semi-inválida. Publicação de *Nostromo*.

1906 – Conhece Arthur Marwood, que se torna seu amigo íntimo. Nasce John Conrad. Publicação de *The Mirror of the Sea*.

1907 – A família Conrad se muda para Someries. Publicação de *The Secret Agent (O agente secreto).*

1908 – Publicação de *A Set of Six* ("Gaspar Ruiz", "The Informer", "The Brute", "An Anarchist", "The Duel", "Il Conde").

1909 – Brigas com Ford sobre os textos dele publicados no *The English Review*. Os Conrad mudam-se para uma cabana em Aldington.

1910 – Termina *Under Western Eyes (Sob os olhos do Ocidente)* e tem um colapso nervoso. Conrad fica de cama e tem conversas imaginárias com os personagens do romance. Quando se recupera, os Conrad mudam-se para Orlestone.

1911 – Publicação de *Under Western Eyes.*

1912 – Publicação de *A Personal Record (Um registro pessoal)* e *Twixt Land and Sea* ("A Smile of fortune", "The Secret Sharer", "Freya of the Seven Isles". Publicação de *Chance*, em folhetim, no *New York Herald.*

1914 – O livro *Chance* vende muito bem, sobretudo nos Estados Unidos; por conta disso, os trabalhos anteriores do autor passam a ser conhecidos de um maior público. A família Conrad visita a Polônia e quase ficam presos lá, devido ao início da Primeira Guerra Mundial.

1915 – Publicação de *Within the Tides* ("The Planter of Malata", "The Partner", "The Inn of the Two Witches") e *Victory*.

1917 – Publicação de *The Shadow-Line.* Conrad começa a escrever o prefácio do autor para uma edição de sua obra reunida.

1919 – Publicação de *The Arrow of Gold*. Os Conrad mudam-se para Oswalds, Bishopsbourne, próximo de Canterbury.

1920 – Publicação de *The Rescue*, 24 anos depois de ter sido iniciado.

1921 –Viagem à Córsega para fazer pesquisas para o livro *Suspense*. A saúde de Conrad deteriora-se. Publicação de *Notes on Life and Letters*.

1923 – Conrad visita os Estados Unidos e é tratado como celebridade. Publicação de *Rover*.

1924 – Maio: declina a proposta de ser sagrado cavalheiro da Coroa Britânica. 3 agosto: morre de ataque cardíaco, em Oswalds; é enterrado em Canterbury. Publicação de *The Nature of a Crime* (em colaboração com Ford).

1925 – Publicação de *Tales of Hearsay* ("The Warrior's Soul", "Prince Roman", "The Tale", "The Black Mate") e *Suspense*.

1926 – Publicação de *Last essays*.

1928 – Publicação de *The Sisters* (fragmento).

Coleção **L&PM** POCKET

1.**Catálogo geral da Coleção**
2.**Poesias** – Fernando Pessoa
3.**O livro dos sonetos** – org. Sergio Faraco
4.**Hamlet** – Shakespeare / trad. Millôr
5.**Isadora, frag. autobiográficos** – Isadora Duncan
6.**Histórias sicilianas** – G. Lampedusa
7.**O relato de Arthur Gordon Pym** – Edgar A. Poe
8.**A mulher mais linda da cidade** – Bukowski
9.**O fim de Montezuma** – Hernan Cortez
10.**A ninfomania** – D. T. Bienville
11.**As aventuras de Robinson Crusoé** – D. Defoe
12.**Histórias de amor** – A. Bioy Casares
13.**Armadilha mortal** – Roberto Arlt
14.**Contos de fantasmas** – Daniel Defoe
15.**Os pintores cubistas** – G. Apollinaire
16.**A morte de Ivan Ilitch** – L.Tolstoi
17.**A desobediência civil** – D. H. Thoreau
18.**Liberdade, liberdade** – F. Rangel e M. Fernandes
19.**Cem sonetos de amor** – Pablo Neruda
20.**Mulheres** – Eduardo Galeano
21.**Cartas a Théo** – Van Gogh
22.**Don Juan** – Molière / Trad. Millôr Fernandes
24.**Horla** – Guy de Maupassant
25.**O caso de Charles Dexter Ward** – Lovecraft
26.**Vathek** – William Beckford
27.**Hai-Kais** – Millôr Fernandes
28.**Adeus, minha adorada** – Raymond Chandler
29.**Cartas portuguesas** – Mariana Alcoforado
30.**A mensageira das violetas** – Florbela Espanca
31.**Espumas flutuantes** – Castro Alves
32.**Dom Casmurro** – Machado de Assis
34.**Alves & Cia.** – Eça de Queiroz
35.**Uma temporada no inferno** – A. Rimbaud
36.**A corresp. de Fradique Mendes** – Eça de Queiroz
38.**Antologia poética** – Olavo Bilac
39.**Rei Lear – Shakespeare**
40.**Memórias póstumas de Brás Cubas** – M. de Assis
41.**Que loucura!** – Woody Allen
42.**O duelo** – Casanova
44.**Gentidades** – Darcy Ribeiro
45.**Mem. de um Sarg. de Milícias** – M. A. de Almeida
46.**Os escravos** – Castro Alves
47.**O desejo pego pelo rabo** – Pablo Picasso
48.**Os inimigos** – Máximo Gorki
49.**O colar de veludo** – Alexandre Dumas
50.**Livro dos bichos** – Vários
51.**Quincas Borba** – Machado de Assis
53.**O exército de um homem só** – Moacyr Scliar
54.**Frankenstein** – Mary Shelley
55.**Dom Segundo Sombra** – Ricardo Güiraldes
56.**De vagões e vagabundos** – Jack London
57.**O homem bicentenário** – Isaac Asimov
58.**A viuvinha** – José de Alencar
59.**Livro das cortesãs** – org. de Sergio Faraco
60.**Últimos poemas** – Pablo Neruda
61.**A moreninha** – Joaquim Manuel de Macedo
62.**Cinco minutos** – José de Alencar
63.**Saber envelhecer e a amizade** – Cícero
64.**Enquanto a noite não chega** – J. Guimarães
65.**Tufão** – Joseph Conrad
66.**Aurélia** – Gérard de Nerval
67.**I-Juca-Pirama** – Gonçalves Dias
68.**Fábulas** – Esopo
69.**Teresa Filósofa** – Anônimo do Séc. XVIII
70.**Avent. inéditas de Sherlock Holmes** – A. C. Doyle
71.**Quintana de bolso** – Mario Quintana
72.**Antes e depois** – Paul Gauguin
73.**A morte de Olivier Bécaille** – Émile Zola
74.**Iracema** – José de Alencar
75.**Iaiá Garcia** – Machado de Assis
76.**Utopia** – Tomás Morus
77.**Sonetos para amar o amor** – Camões
78.**Carmem** – Prosper Mérimée
79.**Senhora** – José de Alencar
80.**Hagar, o horrível 1** – Dik Browne
81.**O coração das trevas** – Joseph Conrad
82.**Um estudo em vermelho** – Arthur Conan Doyle
83.**Todos os sonetos** – Augusto dos Anjos
84.**A propriedade é um roubo** – P.-J. Proudhon
85.**Drácula** – Bram Stoker
86.**O marido complacente** – Sade
87.**De profundis** – Oscar Wilde
88.**Sem plumas** – Woody Allen
89.**Os bruzundangas** – Lima Barreto
90.**O cão dos Baskervilles** – Arthur Conan Doyle
91.**Paraísos artificiais** – Charles Baudelaire
92.**Cândido, ou o otimismo** – Voltaire
93.**Triste fim de Policarpo Quaresma** – Lima Barreto
94.**Amor de perdição** – Camilo Castelo Branco
95.**A megera domada** – Shakespeare / trad. Millôr
96.**O mulato** – Aluísio Azevedo
97.**O alienista** – Machado de Assis
98.**O livro dos sonhos** – Jack Kerouac
99.**Noite na taverna** – Álvares de Azevedo
100.**Aura** – Carlos Fuentes
102.**Contos gauchescos e Lendas do sul** – Simões Lopes Neto
103.**O cortiço** – Aluísio Azevedo
104.**Marília de Dirceu** – T. A. Gonzaga
105.**O Primo Basílio** – Eça de Queiroz
106.**O ateneu** – Raul Pompéia
107.**Um escândalo na Boêmia** – Arthur Conan Doyle
108.**Contos** – Machado de Assis
109.**200 Sonetos** – Luis Vaz de Camões
110.**O príncipe** – Maquiavel
111.**A escrava Isaura** – Bernardo Guimarães
112.**O solteirão nobre** – Conan Doyle
114.**Shakespeare de A a Z** – Shakespeare
115.**A relíquia** – Eça de Queiroz
117.**Livro do corpo** – Vários
118.**Lira dos 20 anos** – Álvares de Azevedo
119.**Esaú e Jacó** – Machado de Assis
120.**A barcarola** – Pablo Neruda
121.**Os conquistadores** – Júlio Verne
122.**Contos breves** – G. Apollinaire
123.**Taipi** – Herman Melville
124.**Livro dos desaforos** – org. de Sergio Faraco
125.**A mão e a luva** – Machado de Assis

126.**Doutor Miragem** – Moacyr Scliar
127.**O penitente** – Isaac B. Singer
128.**Diários da descoberta da América** – C.Colombo
129.**Édipo Rei** – Sófocles
130.**Romeu e Julieta** – Shakespeare
131.**Hollywood** – Charles Bukowski
132.**Billy the Kid** – Pat Garrett
133.**Cuca fundida** – Woody Allen
134.**O jogador** – Dostoiévski
135.**O livro da selva** – Rudyard Kipling
136.**O vale do terror** – Arthur Conan Doyle
137.**Dançar tango em Porto Alegre** – S. Faraco
138.**O gaúcho** – Carlos Reverbel
139.**A volta ao mundo em oitenta dias** – J. Verne
140.**O livro dos esnobes** – W. M. Thackeray
141.**Amor & morte em Poodle Springs** – Raymond Chandler & R. Parker
142.**As aventuras de David Balfour** – Stevenson
143.**Alice no país das maravilhas** – Lewis Carroll
144.**A ressurreição** – Machado de Assis
145.**Inimigos, uma história de amor** – I. Singer
146.**O Guarani** – José de Alencar
147.**A cidade e as serras** – Eça de Queiroz
148.**Eu e outras poesias** – Augusto dos Anjos
149.**A mulher de trinta anos** – Balzac
150.**Pomba enamorada** – Lygia F. Telles
151.**Contos fluminenses** – Machado de Assis
152.**Antes de Adão** – Jack London
153.**Intervalo amoroso** – A.Romano de Sant'Anna
154.**Memorial de Aires** – Machado de Assis
155.**Naufrágios e comentários** – Cabeza de Vaca
156.**Ubirajara** – José de Alencar
157.**Textos anarquistas** – Bakunin
158.**O pirotécnico Zacarias** – Murilo Rubião
159.**Amor de salvação** – Camilo Castelo Branco
160.**O gaúcho** – José de Alencar
161.**O livro das maravilhas** – Marco Polo
162.**Inocência** – Visconde de Taunay
163.**Helena** – Machado de Assis
164.**Uma estação de amor** – Horácio Quiroga
165.**Poesia reunida** – Martha Medeiros
166.**Memórias de Sherlock Holmes** – Conan Doyle
167.**A vida de Mozart** – Stendhal
168.**O primeiro terço** – Neal Cassady
169.**O mandarim** – Eça de Queiroz
170.**Um espinho de marfim** – Marina Colasanti
171.**A ilustre Casa de Ramires** – Eça de Queiroz
172.**Lucíola** – José de Alencar
173.**Antígona** – Sófocles – trad. Donaldo Schüler
174.**Otelo** – William Shakespeare
175.**Antologia** – Gregório de Matos
176.**A liberdade de imprensa** – Karl Marx
177.**Casa de pensão** – Aluísio Azevedo
178.**São Manuel Bueno, Mártir** – Unamuno
179.**Primaveras** – Casimiro de Abreu
180.**O noviço** – Martins Pena
181.**O sertanejo** – José de Alencar
182.**Eurico, o presbítero** – Alexandre Herculano
183.**O signo dos quatro** – Conan Doyle
184.**Sete anos no Tibet** – Heinrich Harrer
185.**Vagamundo** – Eduardo Galeano
186.**De repente acidentes** – Carl Solomon
187.**As minas de Salomão** – Rider Haggar
188.**Uivo** – Allen Ginsberg
189.**A ciclista solitária** – Conan Doyle
190.**Os seis bustos de Napoleão** – Conan Doyle
191.**Cortejo do divino** – Nelida Piñon
192.**Cassino Royale** – Ian Fleming
193.**Viva e deixe morrer** – Ian Fleming
194.**Os crimes do amor** – Marquês de Sade
195.**Besame Mucho** – Mário Prata
196.**Tuareg** – Alberto Vázquez-Figueroa
197.**O longo adeus** – Raymond Chandler
198.**Os diamantes são eternos** – Ian Fleming
199.**Notas de um velho safado** – C. Bukowski
200.**111 ais** – Dalton Trevisan
201.**O nariz** – Nicolai Gogol
202.**O capote** – Nicolai Gogol
203.**Macbeth** – William Shakespeare
204.**Heráclito** – Donaldo Schüler
205.**Você deve desistir, Osvaldo** – Cyro Martins
206.**Memórias de Garibaldi** – A. Dumas
207.**A arte da guerra** – Sun Tzu
208.**Fragmentos** – Caio Fernando Abreu
209.**Festa no castelo** – Moacyr Scliar
210.**O grande deflorador** – Dalton Trevisan
211.**Corto Maltese na Etiópia** – Hugo Pratt
212.**Homem do princípio ao fim** – Millôr Fernandes
213.**Aline e seus dois namorados** – A. Iturrusgarai
214.**A juba do leão** – Sir Arthur Conan Doyle
215.**Assassino metido a esperto** – R. Chandler
216.**Confissões de um comedor de ópio** – T.De Quincey
217.**Os sofrimentos do jovem Werther** – Goethe
218.**Fedra** – Racine / Trad. Millôr Fernandes
219.**O vampiro de Sussex** – Conan Doyle
220.**Sonho de uma noite de verão** – Shakespeare
221.**Dias e noites de amor e de guerra** – Galeano
222.**O Profeta** – Khalil Gibran
223.**Flávia, cabeça, tronco e membros** – M. Fernandes
224.**Guia da ópera** – Jeanne Suhamy
225.**Macário** – Álvares de Azevedo
226.**Etiqueta na prática** – Celia Ribeiro
227.**Manifesto do partido comunista** – Marx & Engels
228.**Poemas** – Millôr Fernandes
229.**Um inimigo do povo** – Henrik Ibsen
230.**O paraíso destruído** – Frei B. de las Casas
231.**O gato no escuro** – Josué Guimarães
232.**O mágico de Oz** – L. Frank Baum
233.**Armas no Cyrano's** – Raymond Chandler
234.**Max e os felinos** – Moacyr Scliar
235.**Nos céus de Paris** – Alcy Cheuiche
236.**Os bandoleiros** – Schiller
237.**A primeira coisa que eu botei na boca** – Deonísio da Silva
238.**As aventuras de Simbad, o marújo**
239.**O retrato de Dorian Gray** – Oscar Wilde
240.**A carteira de meu tio** – J. Manuel de Macedo
241.**A luneta mágica** – J. Manuel de Macedo
242.**A metamorfose** – Kafka
243.**A flecha de ouro** – Joseph Conrad
244.**A ilha do tesouro** – R. L. Stevenson
245.**Marx - Vida & Obra** – José A. Giannotti
246.**Gênesis**
247.**Unidos para sempre** – Ruth Rendell

248.**A arte de amar** – Ovídio
249.**O sono eterno** – Raymond Chandler
250.**Novas receitas do Anonymus Gourmet** – J.A.P.M.
251.**A nova catacumba** – Arthur Conan Doyle
252.**O dr. Negro** – Arthur Conan Doyle
253.**Os voluntários** – Moacyr Scliar
254.**A bela adormecida** – Irmãos Grimm
255.**O príncipe sapo** – Irmãos Grimm
256.**Confissões** *e* **Memórias** – H. Heine
257.**Viva o Alegrete** – Sergio Faraco
258.**Vou estar esperando** – R. Chandler
259.**A senhora Beate e seu filho** – Schnitzler
260.**O ovo apunhalado** – Caio Fernando Abreu
261.**O ciclo das águas** – Moacyr Scliar
262.**Millôr Definitivo** – Millôr Fernandes
264.**Viagem ao centro da Terra** – Júlio Verne
265.**A dama do lago** – Raymond Chandler
266.**Caninos brancos** – Jack London
267.**O médico e o monstro** – R. L. Stevenson
268.**A tempestade** – William Shakespeare
269.**Assassinatos na rua Morgue** – E. Allan Poe
270.**99 corruíras nanicas** – Dalton Trevisan
271.**Broquéis** – Cruz e Sousa
272.**Mês de cães danados** – Moacyr Scliar
273.**Anarquistas – vol. 1 – A idéia** – G. Woodcock
274.**Anarquistas – vol. 2 – O movimento** – G. Woodcock
275.**Pai e filho, filho e pai** – Moacyr Scliar
276.**As aventuras de Tom Sawyer** – Mark Twain
277.**Muito barulho por nada** – W. Shakespeare
278.**Elogio à loucura** – Erasmo
279.**Autobiografia de Alice B. Toklas** – G. Stein
280.**O chamado da floresta** – J. London
281.**Uma agulha para o diabo** – Ruth Rendell
282.**Verdes vales do fim do mundo** – A. Bivar
283.**Ovelhas negras** – Caio Fernando Abreu
284.**O fantasma de Canterville** – O. Wilde
285.**Receitas de Yayá Ribeiro** – Celia Ribeiro
286.**A galinha degolada** – H. Quiroga
287.**O último adeus de Sherlock Holmes** – A. Conan Doyle
288.**A. Gourmet** *em* **Histórias de cama & mesa** – J. A. Pinheiro Machado
289.**Topless** – Martha Medeiros
290.**Mais receitas do Anonymus Gourmet** – J. A. Pinheiro Machado
291.**Origens do discurso democrático** – D. Schüler
292.**Humor politicamente incorreto** – Nani
293.**O teatro do bem e do mal** – E. Galeano
294.**Garibaldi & Manoela** – J. Guimarães
295.**10 dias que abalaram o mundo** – John Reed
296.**Numa fria** – Charles Bukowski
297.**Poesia de Florbela Espanca** vol. 1
298.**Poesia de Florbela Espanca** vol. 2
299.**Escreva certo** – É. Oliveira e M. E. Bernd
300.**O vermelho e o negro** – Stendhal
301.**Ecce homo** – Friedrich Nietzsche
302(7).**Comer bem, sem culpa** – Dr. Fernando Lucchese, A. Gourmet e Iotti
303.**O livro de Cesário Verde** – Cesário Verde
304.**O reino das cebolas** – C. Moscovich
305.**100 receitas de macarrão** – S. Lancellotti
306.**160 receitas de molhos** – S. Lancellotti
307.**100 receitas light** – H. e Â. Tonetto
308.**100 receitas de sobremesas** – Celia Ribeiro
309.**Mais de 100 dicas de churrasco** – Leon Diziekaniak
310.**100 receitas de acompanhamentos** – C. Cabeda
311.**Honra ou vendetta** – S. Lancellotti
312.**A alma do homem sob o socialismo** – Oscar Wilde
313.**Tudo sobre Yôga** – Mestre De Rose
314.**Os varões assinalados** – Tabajara Ruas
315.**Édipo em Colono** – Sófocles
316.**Lisístrata** – Aristófanes / trad. Millôr
317.**Sonhos de Bunker Hill** – John Fante
318.**Os deuses de Raquel** – Moacyr Scliar
319.**O colosso de Marússia** – Henry Miller
320.**As eruditas** – Molière / trad. Millôr
321.**Radicci 1** – Iotti
322.**Os Sete contra Tebas** – Ésquilo
323.**Brasil Terra à vista** – Eduardo Bueno
324.**Radicci 2** – Iotti
325.**Júlio César** – William Shakespeare
326.**A carta de Pero Vaz de Caminha**
327.**Cozinha Clássica** – Sílvio Lancellotti
328.**Madame Bovary** – Gustave Flaubert
329.**Dicionário do viajante insólito** – M. Scliar
330.**O capitão saiu para o almoço...** – Bukowski
331.**A carta roubada** – Edgar Allan Poe
332.**É tarde para saber** – Josué Guimarães
333.**O livro de bolso da Astrologia** – Maggy Harrisonx e Mellina Li
334.**1933 foi um ano ruim** – John Fante
335.**100 receitas de arroz** – Aninha Comas
336.**Guia prático do Português correto – vol. 1** – Cláudio Moreno
337.**Bartleby, o escriturário** – H. Melville
338.**Enterrem meu coração na curva do rio** – Dee Brown
339.**Um conto de Natal** – Charles Dickens
340.**Cozinha sem segredos** – J. A. P. Machado
341.**A dama das Camélias** – A. Dumas Filho
342.**Alimentação saudável** – H. e Â. Tonetto
343.**Continhos galantes** – Dalton Trevisan
344.**A Divina Comédia** – Dante Alighieri
345.**A Dupla Sertanojo** – Santiago
346.**Cavalos do amanhecer** – Mario Arregui
347.**Biografia de Vincent van Gogh por sua cunhada** – Jo van Gogh-Bonger
348.**Radicci 3** – Iotti
349.**Nada de novo no front** – E. M. Remarque
350.**A hora dos assassinos** – Henry Miller
351.**Flush - Memórias de um cão** – Virginia Woolf
352.**A guerra no Bom Fim** – M. Scliar
353(1).**O caso Saint-Fiacre** – Simenon
354(2).**Morte na alta sociedade** – Simenon
355(3).**O cão amarelo** – Simenon
356(4) **Maigret e o homem do banco** – Simenon
357.**As uvas e o vento** – Pablo Neruda
358.**On the road** – Jack Kerouac
359.**O coração amarelo** – Pablo Neruda
360.**Livro das perguntas** – Pablo Neruda
361.**Noite de Reis** – William Shakespeare
362.**Manual de Ecologia** – vol.1 – J. Lutzenberger
363.**O mais longo dos dias** – Cornelius Ryan

364.**Foi bom prá você?** – Nani
365.**Crepusculário** – Pablo Neruda
366.**A comédia dos erros** – Shakespeare
367(5).**A primeira investigação de Maigret** – Simenon
368(6).**As férias de Maigret** – Simenon
369.**Mate-me por favor (vol.1)** – L. McNeil
370.**Mate-me por favor (vol.2)** – L. McNeil
371.**Carta ao pai** – Kafka
372.**Os vagabundos iluminados** – J. Kerouac
373(7).**O enforcado** – Simenon
374(8).**A fúria de Maigret** – Simenon
375.**Vargas, uma biografia política** – H. Silva
376.**Poesia reunida (vol.1)** – A. R. de Sant'Anna
377.**Poesia reunida (vol.2)** – A. R. de Sant'Anna
378.**Alice no país do espelho** – Lewis Carroll
379.**Residência na Terra 1** – Pablo Neruda
380.**Residência na Terra 2** – Pablo Neruda
381.**Terceira Residência** – Pablo Neruda
382.**O delírio amoroso** – Bocage
383.**Futebol ao sol e à sombra** – E. Galeano
384(9).**O porto das brumas** – Simenon
385(10).**Maigret e seu morto** – Simenon
386.**Radicci 4** – Iotti
387.**Boas maneiras & sucesso nos negócios** – Celia Ribeiro
388.**Uma história Farroupilha** – M. Scliar
389.**Na mesa ninguém envelhece** – J. A. P. Machado
390.**200 receitas inéditas do Anonymus Gourmet** – J. A. Pinheiro Machado
391.**Guia prático do Português correto – vol.2** – Cláudio Moreno
392.**Breviário das terras do Brasil** – Luis A. de Assis Brasil
393.**Cantos Cerimoniais** – Pablo Neruda
394.**Jardim de Inverno** – Pablo Neruda
395.**Antonio e Cleópatra** – William Shakespeare
396.**Tróia** – Cláudio Moreno
397.**Meu tio matou um cara** – Jorge Furtado
398.**O anatomista** – Federico Andahazi
399.**As viagens de Gulliver** – Jonathan Swift
400.**Dom Quixote – v.1** – Miguel de Cervantes
401.**Dom Quixote – v.2** – Miguel de Cervantes
402.**Sozinho no Pólo Norte** – Thomaz Brandolin
403.**Matadouro Cinco** – Kurt Vonnegut
404.**Delta de Vênus** – Anaïs Nin
405.**O melhor de Hagar 2** – Dik Browne
406.**É grave Doutor?** – Nani
407.**Orai pornô** – Nani
408(11).**Maigret em Nova York** – Simenon
409(12).**O assassino sem rosto** – Simenon
410(13).**O mistério das jóias roubadas** – Simenon
411.**A irmãzinha** – Raymond Chandler
412.**Três contos** – Gustave Flaubert
413.**De ratos e homens** – John Steinbeck
414.**Lazarilho de Tormes** – Anônimo do séc. XVI
415.**Triângulo das águas** – Caio Fernando Abreu
416.**100 receitas de carnes** – Sílvio Lancellotti
417.**Histórias de robôs: vol.1** – org. Isaac Asimov
418.**Histórias de robôs: vol.2** – org. Isaac Asimov
419.**Histórias de robôs: vol.3** – org. Isaac Asimov
420.**O país dos centauros** – Tabajara Ruas
421.**A república de Anita** – Tabajara Ruas
422.**A carga dos lanceiros** – Tabajara Ruas
423.**Um amigo de Kafka** – Isaac Singer
424.**As alegres matronas de Windsor** – Shakespeare
425.**Amor e exílio** – Isaac Bashevis Singer
426.**Use & abuse do seu signo** – Marília Fiorillo e Marylou Simonsen
427.**Pigmaleão** – Bernard Shaw
428.**As fenícias** – Eurípides
429.**Everest** – Thomaz Brandolin
430.**A arte de furtar** – Anônimo do séc. XVI
431.**Billy Bud** – Herman Melville
432.**A rosa separada** – Pablo Neruda
433.**Elegia** – Pablo Neruda
434.**A garota de Cassidy** – David Goodis
435.**Como fazer a guerra: máximas de Napoleão** – Balzac
436.**Poemas de Emily Dickinson**
437.**Gracias por el fuego** – Mario Benedetti
438.**O sofá** – Crébillon Fils
439.**O "Martín Fierro"** – Jorge Luis Borges
440.**Trabalhos de amor perdidos** – W. Shakespeare
441.**O melhor de Hagar 3** – Dik Browne
442.**Os Maias (volume1)** – Eça de Queiroz
443.**Os Maias (volume2)** – Eça de Queiroz
444.**Anti-Justine** – Restif de La Bretonne
445.**Juventude** – Joseph Conrad
446.**Singularidades de uma rapariga loura** – Eça de Queiroz
447.**Janela para a morte** – Raymond Chandler
448.**Um amor de Swann** – Marcel Proust
449.**À paz perpétua** – Immanuel Kant
450.**A conquista do México** – Hernan Cortez
451.**Defeitos escolhidos e 2000** – Pablo Neruda
452.**O casamento do céu e do inferno** – William Blake
453.**A primeira viagem ao redor do mundo** – Antonio Pigafetta
454(14).**Uma sombra na janela** – Simenon
455(15).**A noite da encruzilhada** – Simenon
456(16).**A velha senhora** – Simenon
457.**Sartre** – Annie Cohen-Solal
458.**Discurso do método** – René Descartes
459.**Garfield em grande forma** – Jim Davis
460.**Garfield está de dieta** – Jim Davis
461.**O livro das feras** – Patricia Highsmith
462.**Viajante solitário** – Jack Kerouac
463.**Auto da barca do inferno** – Gil Vicente
464.**O livro vermelho dos pensamentos de Millôr** – Millôr Fernandes
465.**O livro dos abraços** – Eduardo Galeano
466.**Voltaremos!** – José Antonio Pinheiro Machado
467.**Rango** – Edgar Vasques
468(8).**Dieta mediterrânea** – Dr. Fernando Lucchese e José Antonio Pinheiro Machado
469.**Radicci 5** – Iotti
470.**Pequenos pássaros** – Anaïs Nin
471.**Guia prático do Português correto – vol.3** – Cláudio Moreno
472.**Atire no pianista** – David Goodis
473.**Antologia Poética** – García Lorca
474.**Alexandre e César** – Plutarco
475.**Uma espiã na casa do amor** – Anaïs Nin
476.**A gorda do Tiki Bar** – Dalton Trevisan

477.**Garfield um gato de peso** – Jim Davis
478.**Canibais** – David Coimbra
479.**A arte de escrever** – Arthur Schopenhauer
480.**Pinóquio** – Carlo Collodi
481.**Misto-quente** – Charles Bukowski
482.**A lua na sarjeta** – David Goodis
483.**O melhor do Recruta Zero (1)** – Mort Walker
484.**Aline 2: TPM – tensão pré-monstrual** – Adão Iturrusgarai
485.**Sermões do Padre Antonio Vieira**
486.**Garfield numa boa** – Jim Davis
487.**Mensagem** – Fernando Pessoa
488.**Vendeta *seguido de* A paz conjugal** – Balzac
489.**Poemas de Alberto Caeiro** – Fernando Pessoa
490.**Ferragus** – Honoré de Balzac
491.**A duquesa de Langeais** – Honoré de Balzac
492.**A menina dos olhos de ouro** – Honoré de Balzac
493.**O lírio do vale** – Honoré de Balzac
494(17).**A barcaça da morte** – Simenon
495(18).**As testemunhas rebeldes** – Simenon
496(19).**Um engano de Maigret** – Simenon
497(1).**A noite das bruxas** – Agatha Christie
498(2).**Um passe de mágica** – Agatha Christie
499(3).**Nêmesis** – Agatha Christie
500.**Esboço para uma teoria das emoções** – Jean-Paul Sartre
501.**Renda básica de cidadania** – Eduardo Suplicy
502(1).**Pílulas para viver melhor** – Dr. Lucchese
503(2).**Pílulas para prolongar a juventude** – Dr. Lucchese
504(3).**Desembarcando o Diabetes** – Dr. Lucchese
505(4).**Desembarcando o Sedentarismo** – Dr. Fernando Lucchese e Cláudio Castro
506(5).**Desembarcando a Hipertensão** – Dr. Lucchese
507(6).**Desembarcando o Colesterol** – Dr. Fernando Lucchese e Fernanda Lucchese
508.**Estudos de mulher** – Balzac
509.**O terceiro tira** – Flann O'Brien
510.**100 receitas de aves e ovos** – José Antonio Pinheiro Machado
511.**Garfield em toneladas de diversão** – Jim Davis
512.**Trem-bala** – Martha Medeiros
513.**Os cães ladram** – Truman Capote
514.**O Kama Sutra de Vatsyayana**
515.**O crime do Padre Amaro** – Eça de Queiroz
516.**Odes de Ricardo Reis** – Fernando Pessoa
517.**O inverno da nossa desesperança** – John Steinbeck
518.**Piratas do Tietê** 1 – Laerte
519.**Rê Bordosa: do começo ao fim** – Angeli
520.**O Harlem é escuro** – Chester Himes
521.**Café-da-manhã dos campeões** – Kurt Vonnegut
522.**Eugénie Grandet** – Balzac
523.**O último magnata** – F. Scott Fitzgerald
524.**Carol** – Patricia Highsmith
525.**100 receitas de patisseria** – Sílvio Lancellotti
526.**O fator humano** – Graham Greene
527.**Tristessa** – Jack Kerouac
528.**O diamante do tamanho do Ritz** – S. Fitzgerald
529.**As melhores histórias de Sherlock Holmes** – Arthur Conan Doyle
530.**Cartas a um jovem poeta** – Rilke
531(20).**Memórias de Maigret** – Simenon
532(4).**O misterioso sr. Quin** – Agatha Christie
533.**Os analectos** – Confúcio
534(21).**Maigret e os homens de bem** – Simenon
535(22).**O medo de Maigret** – Simenon
536.**Ascensão e queda de César Birotteau** – Balzac
537.**Sexta-feira negra** – David Goodis
538.**Ora bolas – O humor cotidiano de Mario Quintana** – Juarez Fonseca
539.**Longe daqui aqui mesmo** – Antonio Bivar
540(5).**É fácil matar** – Agatha Christie
541.**O pai Goriot** – Balzac
542.**Brasil, um país do futuro** – Stefan Zweig
543.**O processo** – Kafka
544.**O melhor de Hagar 4** – Dik Browne
545(6).**Por que não pediram a Evans?** – Agatha Christie
546.**Fanny Hill** – John Cleland
547.**O gato por dentro** – William S. Burroughs
548.**Sobre a brevidade da vida** – Sêneca
549.**Geraldão 1** – Glauco
550.**Piratas do Tietê 2** – Laerte
551.**Pagando o pato** – Ciça
552.**Garfield de bom humor** – Jim Davis
553.**Conhece o Mário?** – Santiago
554.**Radical 6** – Iotti
555.**Os subterrâneos** – Jack Kerouac
556(1).**Balzac** – François Taillandier
557(2).**Modigliani** – Christian Parisot
558(3).**Kafka** – Gérard-Georges Lemaire
559(4).**Júlio César** – Joël Schmidt
560.**Receitas da família** – J. A. Pinheiro Machado
561.**Boas maneiras à mesa** – Celia Ribeiro
562(9).**Filhos sadios, pais felizes** – R. Pagnoncelli
563(10).**Fatos & mitos** – Dr. Fernando Lucchese
564.**Ménage à trois** – Paula Taitelbaum
565.**Mulheres!** – David Coimbra
566.**Poemas de Álvaro de Campos** – Fernando Pessoa
567.**Medo e outras histórias** – Stefan Zweig
568.**Snoopy e sua turma (1)** – Schulz
569.**Piadas para sempre (livro 1)** – Visconde da Casa Verde
570.**O alvo móvel** – Ross Macdonald
571.**O melhor do Recruta Zero (2)** – Mort Walker
572.**Um sonho americano** – Norman Mailer
573.**Os broncos também amam** – Angeli
574.**Crônica de um amor louco** – Bukowski
575(5).**Freud** – René Major e Chantal Talagrand
576(6).**Picasso** – Gilles Plazy
577(7).**Gandhi** – Christine Jordis
578.**A tumba** – H. P. Lovecraft
579.**O príncipe e o mendigo** – Mark Twain
580.**Garfield, um charme de gato** – Jim Davis

IMPRESSÃO:

GRÁFICA EDITORA
Pallotti
IMAGEM DE QUALIDADE

Santa Maria - RS - Fone/Fax: (55) 3220.4500
wwww.pallotti.com.br